AF328081

LE TEMPLE

DE

GNIDE.

LE TEMPLE DE GNIDE.

Mis en Vers

Par M. Colardeau.

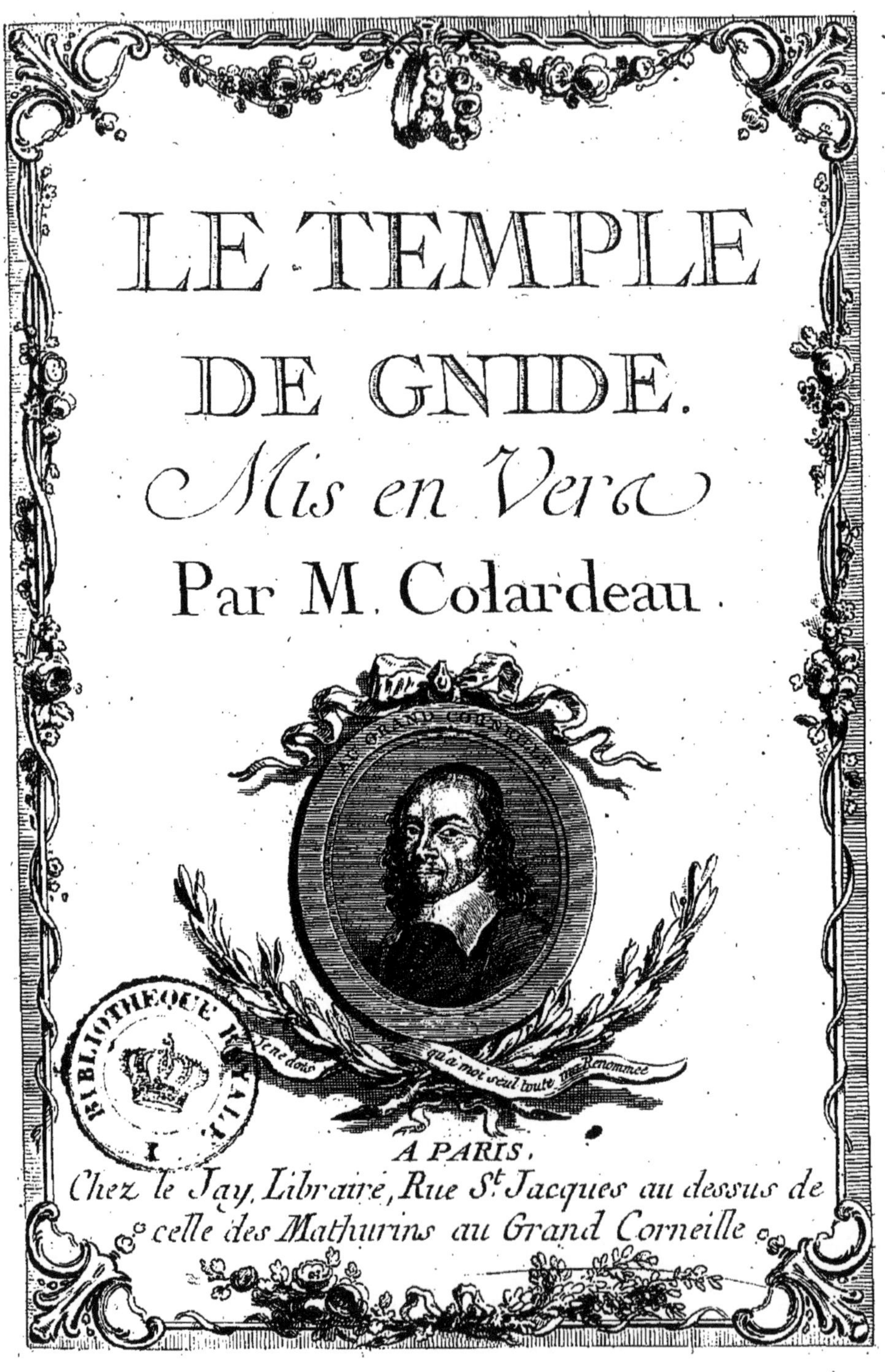

A PARIS.

Chez le Jay, Libraire, Rue St. Jacques au dessus de
celle des Mathurins au Grand Corneille.

PRÉFACE.

Le Temple de Gnide eſt du petit nombre de ces Ouvrages charmans que le Public relit toujours avec un nouveau plaiſir. La haute réputation de ſon Auteur, & la multiplicité des éditions en conſacrent le mérite & le ſuccès. Ne me ſerois-je point rendu coupable d'une eſpèce de ſacrilège, en oſant toucher à cette production d'un homme, dont le génie honore notre ſiécle? Le projet d'ajouter à ſes beautés les graces de la verſification ne paroîtra-t-il pas une témérité inexcuſable? D'ailleurs, cette entrepriſe audacieuſe n'étoit-elle pas au-deſſus de la foibleſſe de mes talens? Je ne me ſuis point diſſimulé ces objections. Je ne me ſuis point aveuglé, non plus, ſur le peu de gloire à recueillir d'un travail auſſi facile en apparence que celui d'orner de rimes une proſe déja Poëtique? J'ai apprécié ce travail ſans m'exagérer ſa valeur, & le jugement de nos Ariſtarques n'aura point à détromper mon amour propre.

Par quel motif me suis-je donc déterminé à versifier le Temple de Gnide ? Oserai-je le dire ? Je n'ai eu en vûe que mon amusement & ma seule satisfaction. C'est toujours avec regret, avec une sorte d'impatience que je lis en prose des Ouvrages où les idées, les expressions & les images de la Poësie sont accumulées. J'éprouve alors le sentiment que fait naître l'aspect d'un excellent tableau, dont la toile ne présente encore que l'esquisse. On admire la distribution des grouppes, le contraste & l'ensemble des parties, la pureté du trait, l'exactitude du dessin, la richesse & le génie de la composition : mais on desire l'effet & le coloris. Combien ne doit-on pas regretter que l'Auteur du Télémaque ait peu cultivé l'Art de notre versification ? Si M. de Fénélon, dont l'imagination étoit si féconde & si brillante, eût été gêné dans le choix de ses détails, & sur-tout de ses réflexions, par la difficulté de les embellir du langage Poëtique, combien son Ouvrage eût acquis de perfection, & de quel Poëme il eût enrichi notre Littérature! La France, qui, à d'autres égards, a tant d'avantages sur le reste de l'Europe, auroit encore celui d'avoir elle seule deux Poëmes héroïques de la plus grande célébrité. La Grèce ne nous a laissé que l'Iliade. L'Odissée n'est qu'une continuation foible du même sujet, & l'amas des événemens romanesques y défigure la majesté de l'Epopée. L'ancienne Rome n'a produit que l'Énéide. En effet, la Pharsale n'a point de rang à côté de ce chef-d'œuvre du génie & de la raison. L'Italie moderne, quel que soit le mérite du Dante, de l'Arioste & de leurs Imitateurs, ne peut s'enorgueillir que de la Jérusalem délivrée. L'Angleterre n'a que le Paradis perdu. Milton, par une suite singuliere de sa conformité avec le Poëte Grec, sommeilla dans son Paradis reconquis, & son génie y dégénéra de lui-même. Enfin le Portugal n'a que la Lusiade, & si le Télémaque étoit écrit en Vers, nous aurions le juste orgueil de posséder la Henriade & le Télémaque.

Si quelqu'Auteur avoit assez de talent, & étoit assez désintéressé sur la gloire personnelle pour tenter de donner à ce dernier Ouvrage le seul

mérite qui lui manque, combien de préjugés s'é-
leveroient contre lui ! Eût-il perfectionné son
modele, l'eût-il même surpassé, il seroit encore
loin de la réputation dont jouit le Traducteur le
plus médiocre d'un Écrivain, soit ancien, soit
étranger. Cependant faudroit-il moins de talent
pour réussir dans ce genre de traduction que dans
les autres ? je ne le pense pas. Le mérite com-
mun d'entendre une langue morte ou vivante
ne peut être compté pour quelque chose dans
un siécle où les langues de l'Europe sont si aisé-
ment apprises, & dans lequel, pour se faciliter
l'intelligence des Auteurs de l'antiquité, on a
tant de Commentaires & de Traductions déja
faites. Les Traducteurs n'ont qu'un mérite qui
leur appartienne, celui de la convenance & de
la pureté du style. Conséquemment, celui qui
traduiroit en beaux Vers le Télémaque, ou tel
autre Ouvrage National, susceptible de cette
parure, devroit être placé au même rang que
le Traducteur le moins imparfait de l'un des
deux Poëmes que les anciens nous ont laissés.

Mais, tout ce qui présente de la singularité,

& semble faire innovation dans l'empire intolé-
rant des Lettres, excite, au premier coup d'œil,
& sans autre éxamen, le cri d'une révolte géné-
rale. L'activité inquiéte de la critique s'oppose à
toute tentative, à toute excursion hors des lignes
tracées par l'usage. On m'objectera contre la
traduction du Temple de Gnide, la nouveauté
& la bizarrerie de cette entreprise. En vain je
rappellerai que Thomas Corneille a mis en Vers
une Comédie de Moliere, & que cette Traduction heureuse a pris au Théâtre la place de son
modéle. En vain je voudrai m'appuyer d'un
éxemple plus récent encore, & citer le Roman
de Psiché du célebre Lafontaine, versifié depuis
peu par M. l'Abbé Aubert. Ces deux autorités
feront une foible défense pour moi, & j'ai toujours à craindre de ne point trouver grace auprès
des Juges sévéres de nos productions.

Après cette discussion, j'appréhende que l'on
ne me soupçonne, ou d'attacher beaucoup d'im-
portance à l'Ouvrage que je publie, ou de vouloir pressentir le goût de mes Lecteurs sur le
projet secretement formé de quelque Traduc-

tion nouvelle du même genre. Mais on se trom-
peroit. On m'a reproché tant de fois d'avoir tra-
duit, quoique je n'aye jamais qu'imité, que j'ai
renoncé à cette sorte d'occupation. Je me bor-
nerai à donner, dans une édition que l'on pré-
pare de mes Œuvres, quelques morceaux qui,
de même que le Temple de Gnide, sont depuis
long-tems dans mon Porte-feuille. J'étois si loin
de croire quelque valeur à cet Ouvrage, que
depuis dix ans les plus fortes sollicitations n'ont
pu me déterminer à le mettre au jour. Je me
contentois d'en faire quelques lectures dans les
Sociétés. Ces jouissances secrettes, mais peu ora-
geuses, suffisoient à mon amour-propre. Enfin
une circonstance imprévue a tiré mon Manuscrit
du mystere où je le renfermois.

J'ai appris, au commencement de l'année derniere, que M. Léonard, déja connu par un volu-
me agréable de Pieces fugitives & d'imitations des
Poëtes Allemands, mettoit aussi en Vers le Temple de Gnide. Je sentis le désagrément & tout le
danger d'une pareille concurrence, & je pris mes
mesures pour paroître avant cette nouvelle Tra-

duction. Je hâtai l'impreſſion de mon Ouvrage qui fut bientôt finie. J'en emportai quelques exemplaires à la Campagne, & mon Libraire m'aſſura que la vente en feroit prochaine. Mais, profitant de mon abſence, il s'occupa du ſoin d'embellir ſon édition du faſte des Gravures, & ſe laiſſa prévenir par M. Léonard. Alors de ſon propre mouvement il remit à ce moment-ci la publicité de ma traduction. Je ne m'appeſantis ſur ces faits que pour déſabuſer les perſonnes qui m'accuſeroient d'avoir attendu l'Ouvrage de M. Léonard, ſoit pour profiter des lumieres qu'il pourroit me donner, ſoit pour me décider d'après l'opinion que l'on en prendroit. Je ſens que le Public s'intéreſſera peu à ces détails auſſi inutiles qu'indifférens pour lui : mais j'en dois compte à M. Léonard lui-même. La maniere honnête & trop flatteuſe pour moi, dont il s'excuſe d'une rivalité qu'il étoit loin d'affecter, exige que je ne laiſſe à ſes yeux aucun nuage ſur mes propres procédés. Je lui avois rendu toute la juſtice qu'il mérite long-temps avant d'avoir lû ſa Préface. Il trouvera chez mon Libraire un Avertissement imprimé, qui devoit être à la tête de cette édition, où la preuve de mon estime pour ses talens étoit d'avance établie & consacrée.

Je ne connois point M. Léonard; mais, d'après les couleurs dont il m'a été peint, j'étois bien sûr que la jalousie, suite commune de la rivalité, n'éleveroit entre nous aucun de ces démêlés indécens, dont la malignité s'amuse, & qui déshonorent les Lettres aux yeux de la plus saine partie du Public. Cependant les Critiques pouvoient favoriser l'un aux dépens de l'autre, & prendre parti avec la chaleur qui leur est ordinaire. C'est ce désagrément que je redoutois, ou pour M. Léonard, ou pour moi. Heureusement la maniere différente dont nous avons imité le même modèle, ne laisse aucun point de comparaison entre nos deux Ouvrages. Sans m'asservir à des régles étroites, j'ai cependant suivi l'original dans sa marche. J'ai restraint ma liberté à y mêler quelques idées qui me sont survenues par analogie. J'en ai abandonné la précision lorsqu'elle étoit incompatible avec l'harmonie des vers. M. Léonard, plus libre que moi, a retranché une grande partie des descriptions & des épisodes. Il a rapproché, resserré l'action de ce Poëme, qui en a peu, & réduit le tout à la moitié de son étendue. Moi, au contraire, par insuffisance peut-être, & dans le désespoir d'atteindre au laconisme de l'original, j'ai développé ce qui n'y est qu'indiqué. Toutes les transitions y sont brusques & peu ménagées. C'étoit la maniére de M. de Montesquieu. Cet esprit vaste, qui d'un coup d'œil embrassoit toute la suite de ses idées, franchissoit les intermédiaires. Il négligeoit les détails qui pouvoient retarder sa marche, & laissoit à l'intelligence de ses Lecteurs le soin d'y suppléer. Mais j'ai cru que dans un Ouvrage du genre érotique & de pur agrément, il falloit sur-tout une chaîne dont les anneaux fussent aisés à suivre, & de la clarté dans le dessin. D'après ce sentiment, que je crois fondé sur le goût, j'ai plus marqué le fil des liaisons; j'ai déterminé ce qui me sembloit trop vague ou trop peu prononcé, & j'ai jetté quelques lumieres dans les teintes qui me paroissoient trop obscures. C'est sur ce plan diamétralement oppofé à celui de M. Léonard, que j'ai fait ma traduction. Le Public pourra donner la préférence à l'une des deux méthodes, fans que l'autre foit entiérement défapprouvée, parceque l'une & l'autre ont à la fois leurs avantages & leurs inconvéniens.

Pour n'examiner ici que ce que la mienne peut avoir de défectueux, je ne doute point que l'on ne me faffe un crime de n'avoir pu dans des Vers égaler la précifion de la profe. En effet, il femble que la mefure étroite & l'encadrement de notre verfification donnent plus de facilité pour refferrer les idées. Mais cette opinion, que l'on généralife trop, n'eft vraie que dans des cas particuliers. Il eft certain qu'une penfée, une maxime, & ce que dans le ftyle du jour nous appellons un *trait*, fe renferment encore avec plus de précifion dans les pieds d'un vers que dans des lignes de profe. Mais ce laconifme qui convient dans des genres de Poëfie tels que l'Épigramme, le Madrigal, l'Ode anacréontique, les Épîtres familieres, & généralement les Pieces fugitives ; ce laconifme, dis-je, feroit infoutenable dans une

fuite de vers un peu étendue, & cette affecta-
tion y dégénéreroit en féchereffe. Nos bons
Poëtes, ceux qui ont manié avec le plus de fuc-
cès notre langue ingrate & peu fonore ; ceux
qui par l'arrangement & la combinaifon des
mots en ont fçu tirer le plus d'harmonie ; ceux
enfin qui ont mieux connu le mécanifme de
notre langage poëtique, ont fur-tout évité le
ftyle fententieux & découfu. Leur verfification
toujours fondue, douce, périodique & nombreu-
fe, enchaîne les idées les unes dans les autres,
& les faifant marcher dans un ordre inégal &
varié, épargne à l'oreille la monotonie d'une
cadence faftidieufe par l'uniformité de fes chûtes.
Tel feroit l'inconvénient où je ferois tombé, fi
j'avois imité fcrupuleufement le ftyle trop précis
& quelquefois un peu fec de M. de Montefquieu.
Il n'eft point d'harmonie fans nombre & fans
un certain luxe d'expreffion. Le coloris naît auffi
de la pompe & de la richeffe des mots, bien en-
tendu que le goût fait le choix des ornemens, &
que la fageffe les diftribue. Le Poëte, qui n'am-
bitionneroit que le mérite de la précifion, feroit

néceffairement des vers fans grace & fans mé-
lodie.

Tels font les principes qui m'ont guidé en
écrivant cet Ouvrage : mais leur application
paroîtra-t-elle heureufe ? L'incertitude où j'ai
flotté long-temps fur le choix du ftyle, me laiffe
le doute d'avoir bien choifi. Ce choix étoit ar-
bitraire, & par-là même hafardeux. Le fond du
Poëme eft certainement du genre fimple & paf-
toral : mais il eft relevé par des détails fi nobles,
fi brillans & fi riches, que fa fimplicité difparoît
fous la pompe des ornemens. J'oferai dire davantage. Dans les morceaux où le génie de M. de
Montefquieu s'eft plus rapproché du naturel,
on entrevoit toujours la touche forte & caracté-
rifée d'un homme fupérieur à fon fujet. C'eft le
Pouffin peignant un payfage ; le Pouffin qui, par
un trait fublime, plaça un tombeau au milieu
des campagnes fortunées de l'Arcadie. M. de
Montefquieu mêle ainfi les tableaux les plus fom-
bres avec les defcriptions les plus riantes. Après
le récit enchanteur des amours d'Ariftée, il peint
à grands traits l'antre de la Jaloufie & les agita-

tions convulſives des malheureux qu'elle empoiſonne. Quel contraſte ! lui ſeul a fixé mon indé-
ciſion. J'ai ſenti qu'ayant à rendre, par intervalles, des idées de cette énergie, je n'aurois
que des diſparates & point d'unité dans mon
ſtyle, ſi j'en employois un trop ſimple pour rendre les idées qui tiennent de plus près à la nature
du ſujet. J'ai donc cherché les nuances & les
paſſages les plus doux d'une teinte à l'autre. Je
me ſuis occupé de l'effet général & de faire ré-
ſulter l'accord des diſſonnances mêmes. C'eſt
pour cela que j'ai adopté le grand vers. Ce vers,
conſacré au langage noble & ſoutenu, ſçait auſſi
ſe concilier avec les graces, & prendre un air de
moleſſe & de ſimplicité lorſque la ſituation l'exige.
Ai-je réuſſi ? je ne m'en flatte point, je ne le
prétends point. Je rends compte de mes efforts.
Je connois trop l'étendue & la difficulté de l'art
des vers, pour ne pas ſoupçonner dans les miens
beaucoup de négligences & d'imperfections.
Auſſi-tôt que le diſcernement & la juſteſſe d'une
critique éclairée me les auront fait connoître, je
les corrigerai : mais je ne me diſculperai point

de celles qui me feront mal-à-propos imputées.
Bien convaincu qu'en matiére de goût on ne
perfuade point à l'efprit ce qui échappe au fentiment, je laifferai à mes Cenfeurs leur opinion.
Il eft rare, d'ailleurs, qu'ils donnent l'exemple de
la docilité qu'ils exigent. Quant à la critique de
mauvaife foi, dont le deffein caché eft de nuire,
comme elle a à fon ufage une logique artificieufe,
dont les fubtilités éternifent les difputes, & que
l'évidence des meilleurs raifonnemens ne dé-
concerte point ; la feule reffource de l'Écrivain
qu'elle perfécute, eft dans l'indifférence & le mépris. Un peu de faveur populaire & l'eftime des
véritables gens de Lettres, des gens de Lettres
fans cabale, confolent bientôt de ces dégoûts
paffagers. Revenons au Temple de Gnide. Je
prie les perfonnes qui remarqueront les endroits
où je me fuis écarté du ftyle de l'Original, de
confidérer que, le traduifant en vers, j'ai eu fou-
vent befoin de le colorier & de fubftituer des
images aux expreffions fimples de la profe.

J'ai encore à juftifier un changement que j'ai
ofé faire dans le dénouement du Poëme. M. de

Montefquieu, qui, en développant les maximes
du culte le plus agréable à Vénus, établit *qu'on*
céde fans remords quand il eft vrai qu'on aime ;
qui, dans le cours de fon Ouvrage femble an-
noncer l'union & le bonheur des deux Amans
auxquels il intéreffe avec tant d'art ; M. de Montefquieu, dis-je, après avoir conduit ces deux
perfonnages dans un bofquet qu'il peint des plus
féduifantes couleurs de la volupté, finit cette
fcène fi vive par le triomphe de la vertu & le
défefpoir de la paffion. J'avoue que je n'ai pu
pouffer le fcrupule jufqu'à cet excès de réferve.
Après avoir décrit avec chaleur, d'après mon
modèle, les combats de l'Amour qui attaque &
de la pudeur qui réfifte, je n'ai point craint d'in-
diquer rapidement, dans un fens contraire à celui
de M. de Montefquieu, la victoire de l'un & la
défaite de l'autre. Si la délicateffe de quelques
Lecteurs s'en effarouche, je leur en demande ici
pardon. J'ai cru que c'étoit-là l'unique & le vrai
dénouement du Poëme.

Mais me pardonnera-t-on de m'être abandonné à quelques réflexions, à quelques remar-

ques critiques fur mon modèle? Les efprits juftes
& bien intentionnés ne m'imputeront point le
ridicule projet de le déprifer pour élever au-deffus de lui la traduction que j'en ai faite. Obligé de
la publier, j'ai dû l'accompagner du détail des
motifs qui m'ont déterminé aux changemens que
l'on y trouvera. En un mot, je donne fans prétention ce que j'ai fait fans prétention. Je me croi-
rai trop heureux fi j'obtiens, de l'impartialité, le
foible éloge d'avoir rendu dans mes vers quel-
ques-unes des beautés & des graces de la profe.

Si je n'ai répandu dans cette Préface que des
louanges générales fur M. de Montefquieu, c'eft
que j'ai imaginé qu'un panégyrique direct de ce
grand Homme ne pouvoit être placé convena-
blement qu'à la tête de l'immortel ouvrage de
l'Efprit des Loix ou des Lettres Perfanes. Le
Temple de Gnide échappa à fa plume. Ce fut
un jeu, un amufement pour elle, & je crois qu'il
y auroit une forte de ridicule à louer l'efprit d'un
homme de génie.

LE TEMPLE

DE

GNIDE.

CHANT PREMIER.

Gnide plaît à Vénus & Vénus la préfère
Aux temples d'Amathonte, aux bosquets de Cythère.
Elle ne quitte point le céleste séjour
Sans voler vers ces lieux si chers à son amour.
Quand son char y descend des voûtes azurées,
Le peuple adorateur de ces belles contrées
N'éprouve point l'effroi sombre & religieux
Qu'inspire à l'Univers la présence des Dieux.
Cet aspect bienfaisant, renouvellé sans cesse,
Accoutume la vue aux traits de la Déesse.

A

D'une foule indiscrète évitant le concours,

Si Vénus d'un nuage emprunte le secours ,

Alors les doux parfums répandus autour d'elle,

Aux Gnidiens charmés , annoncent l'Immortelle.

GNIDE élève ses murs dans des champs fortunés,

Des épis de Cérès en tout tems couronnés.

Là, de nombreux troupeaux fur des rives fleuries

Foulent l'émail naiffant des riantes prairies.

Les Dieux verfent partout les tréfors de leur main.

Le foleil, dans un ciel toujours calme & ferein,

Tempérant les rayons de fa flamme éthérée,

N'y flétrit point l'éclat dont la terre eft parée.

L'oifeau, dès le matin , fous les feuillages verds,

D'accords harmonieux fait retentir les airs.

L'onde entre les rofeaux murmure & s'y promène.

Flore de fon Amant y parfume l'haleine

Et les cœurs , pénétrés de ce fouffle amoureux ,

D'une volupté pure y refpirent les feux.

Du palais de Vénus l'élégant périftile

Se découvre non loin des remparts de la ville;

L'Artifan de Lemnos pofa fes fondemens.

Vulcain craignoit Vénus & fes reffentimens.

Vulcain, pour réparer la surprise cruelle
Dont rougît autrefois la Déesse infidelle,
Lui bâtit ce palais, Epoux humilié,
Trop heureux qu'à ce prix l'affront fut oublié.

O Graces, dont la main conduisit cet ouvrage,
Sans doute c'est à vous d'en retracer l'image !
Pour rendre tout l'éclat de ce brillant séjour
Il faut, ou vos crayons ou les traits de l'Amour.
Parmi tant de Beautés, comment les peindre toutes ?
Sur cent colonnes d'or quand j'appuîrois les voûtes,
Quand je ferois briller sous ces vastes lambris
L'éclair des diamans & le feu des rubis,
Quand mes prodigues mains y répandroient encore
Les perles, les saphirs du berceau de l'Aurore ;
Quand l'opale & l'azur s'uniroient incrustés,
J'en peindrois la richesse & non pas les beautés.

D'agréables jardins l'enceinte est embellie.
Une rose y renaît d'une rose cueillie.
Là, Flore, là, Pomone unissent leurs faveurs.
Le fruit sur les rameaux se couronne de fleurs.
Lorsque dans ces jardins l'aimable Cythérée
De cent jeunes Beautés se promène entourée,

On voit pendant leurs jeux & sous leurs pas légers
Se courber un inftant les tréfors des vergers ;
Et par l'enchantement d'un pouvoir qu'on ignore,
Les arbuftes foulés s'y relèvent encore.

  Là, repofe Vénus, loin du trouble & du bruit.
Sous l'ombre des berceaux la volupté la fuit.
Son fourire applaudit aux Bergères de Gnide.
A leur danfe naïve elle-même préfide.
Vénus fe plaît à voir, fur leurs fronts fatisfaits,
De leurs cœurs ingénus l'innocence & la paix.
Compagne de leurs jeux, elle adoucit pour elles
De fes regards divins les vives étincelles.
Nymphes, de votre fort le ciel même eft jaloux !
Vénus eft votre égale & folâtre avec vous.

  Une vafte prairie, où fourit la nature,
Etend, non loin de-là, fes tapis de verdure.
Ici l'heureux Berger, couché parmi les fleurs,
Auprès de fa Bergère affortit leurs couleurs.
Incertain dans fon choix il balance, mais celle
Que choifit fon Amante eft toujours la plus belle.
Ses parfums font plus doux, fon émail eft plus frais
Et la main qui la cueille ajoute à fes attraits.

Le Céphée, en ces lieux, de son urne profonde

Epanche lentement le cristal de son onde.

Il serpente, s'amuse à prolonger son cours

Et son lit tortueux se joue en cent détours.

Le Dieu parmi les joncs qui couronnent ses rives

Embarrasse les pas des Nymphes fugitives.

L'Amant les suit, les presse & leur orgueil soumis

Donne enfin le baiser que leur bouche a promis.

Le fleuve, à cet aspect, enchaîné dans sa course,

Ne sait s'il doit couler ou monter vers sa source.

Par un charme secret ses flots sont suspendus.

Le flot qui fuit s'arrête au flot qui ne fuit plus.

Mais, quel trouble, s'il voit, près de son onde pure,

Une jeune Beauté dépouiller sa parure,

Quitter des vêtemens, des voiles trop discrets

Et venir dans ses eaux rafraîchir ses attraits !

Il frémit, il s'agite, & la vague enflammée

Autour de tant d'appas roule plus animée.

Pour les posséder tous, pour mieux les embrasser,

Pour atteindre à ce sein qu'il voudroit caresser,

Il soulève ses flots, s'élance & plus rapide

Il entraîne avec lui la Bergère timide.

A iij

Ses Compagnes alors frappent l'air de leurs cris ;

Mais, tout fier du fardeau dont son cœur est épris,

Le fleuve la soutient, doucement la promène

Sur le dos argenté de sa liquide plaine.

Enfin, désespéré d'abandonner ce poids,

Ce poids qu'il abandonne & reprend mille fois,

Il va la déposer sur ses rives fleuries

Dans les bras caressans des Nymphes attendries.

Plus loin croît un bosquet de mirthes enlacés.

Les timides Amans, nouvellement blessés,

Viennent s'y confier leurs soupirs & leurs peines.

Ils suivent au hazard des routes incertaines.

L'amour conduit leurs pas aux lieux les plus secrets,

S'amuse de leur trouble & les égare exprès.

Une épaisse forêt, non loin de ce bocage,

Fait expirer le jour sous son antique ombrage.

Jamais l'ardent midi n'en perça les rameaux.

On s'y croit enfoncé dans la nuit des tombeaux.

Des chênes & des pins les orgueilleuses têtes

Vont jusques dans la nue affronter les tempêtes.

Là, les cœurs sont saisis de crainte & de respect.

On croiroit à l'horreur de cet auguste aspect,

Au silence imposant de ces retraites sombres,

Que les Dieux, avant l'Homme, en habitoient les ombres.

    Au sortir de ce bois redoutable & sacré,

Quand l'œil, des feux du jour, est enfin éclairé,

On découvre, au sommet d'une hauteur voisine,

Le temple de Vénus & sa pompe divine.

La nature y grava tous les vœux des Mortels.

    Ce fut dans ce lieu saint, au pied de ses autels

Que Vénus (& Vénus chaque jour en soupire)

Pour la première fois vit le fils de Cinire.

L'amour blessa son cœur du trait empoisonné.

Ce cœur brule en secret de son trouble étonné.

» Quoi ! s'écrioit Vénus, c'est un Mortel que j'aime !

» Quoi ! j'ai pu m'oublier & m'avilir moi-même !

» O Gnide, éteins l'encens ! mes honneurs sont finis.

» Tu n'as plus désormais d'autre Dieu qu'Adonis ! «

    Ce fut-là que, piqué d'un défi téméraire,

Son orgueil consulta les enfans de Cithère.

Le berger Phrygien portera-t-il ses yeux

Sur des charmes secrets enviés par les Dieux ?

On le veut, & déja sa robe est détachée.

Sous l'or de ses cheveux sa ceinture est cachée.

A iv

Les Grâces, les Amours parfument son beau sein.

Sur son char d'émeraude elle monte soudain.

Il s'élève, emporté par l'oiseau du Méandre.

Au vallon de l'Ida Pâris le voit descendre.

Vers Pallas, vers Junon tour-à-tour entraîné,

Son choix, douteux encor, flotte indéterminé ;

Mais au riant aspect de leur belle rivale

Sa main laisse pancher la balance inégale.

Tu triomphes, Vénus ! Pâris fur tes attraits

Fixe, enfin, des regards qui ne font plus distraits.

Si tu ne dois la pomme à sa bouche timide,

Elle échappe à ses mains & son trouble décide.

Ce fut-là que l'Amour environné des Ris,

Tranquile & voltigeant sous les riches lambris,

Vit paroître Psiché conduite par sa mère.

L'Amour n'aima jamais... L'Amour aime & veut plaire.

Des feux dont il nous brule, il se sent consumé.

Sur son arc, sur ses traits il languit désarmé.

» C'est donc ainsi, dit-il, c'est ainsi que je blesse ! «

Il tombe sur le sein de sa jeune Maîtresse

Et s'écrie, aux transports qui viennent le saisir,

» Oui, je suis.... Oui l'Amour est le Dieu du plaisir ! «

Lorsque du temple augufte on franchit le portique,
Un charme inexprimable au cœur fe communique.
On s'enivre de l'air qu'on refpire en ces lieux.
Il femble qu'on ait bû dans la coupe des Dieux.

Tout ce que la nature étale de richeffe,
L'élégance de l'art, fon éclat, fa nobleffe
Ont fait de ce beau temple un Olimpe nouveau.
La toile y prend une ame & vit fous le pinceau.
Une favante main, (la main d'un Dieu fans doute)
Voulut peindre elle-même & décorer la voûte.

Ici, Vénus s'élève & fort du fond des mers.
Que fes charmes naiffans étonnent l'Univers !
Cithérée, au milieu de la troupe célefte,
Ofe à peine entr'ouvrir un œil doux & modefte.
Sur les lys de fon fein fes cheveux font épars
Et fa pudeur naïve enchante les regards.

Plus loin font fes amours avec le Dieu terrible,
L'impitoyable Dieu qu'elle a rendu fenfible.
Là, d'un fier coloris, Mars eft repréfenté
Pouffant dans les combats fon char enfanglanté.
Son front cruel & fombre annonce le carnage.
La mort, l'affreufe mort, l'épouvante, la rage

Précèdent ſes courſiers écumans & fougueux.

Sur ſon caſque de fer un dragon tortueux,

Semble vomir au loin la flamme & la fumée.

Autour du Dieu ſanglant vole la Renommée.

Sa déteſtable ſœur, Bellone à ſes côtés

Marche, s'élance, court à pas précipités

Et, ſecouant les feux de ſa torche infernale,

De ſon barbare frère eſt la digne rivale.

Tous deux d'un vain laurier ſe diſputent l'honneur.

Bellone a plus de rage & Mars plus de valeur.

Ici, le Dieu couché ſur des touffes de roſes

Préſente aux doux baiſers ſes lèvres demi-cloſes.

Dans les bras de Vénus, Mars repoſe enchaîné.

De mirthes amoureux ſon front eſt couronné.

Il languit, il ſoupire, & la vue incertaine

A quelques traits divins le reconnoit à peine.

La Déeſſe triomphe en voyant les Plaiſirs

De ſon farouche Amant captiver les deſirs.

Sa bouche lui ſourit & ſa main le careſſe.

Leurs flammes, leurs tranſports ſe confondent ſans ceſſe

Et leur regard, troublé dans ces momens heureux,

Ne voit pas les Amours qui folâtrent près d'eux.

De la Déesse, enfin, l'Hymen involontaire

Est peint, dans tout son faste, aux murs du sanctuaire.

On y voit tous les Dieux étaler leur splendeur :

Vulcain paroit moins sombre, & n'est pas moins rêveur.

Vénus d'un œil mourant, que le jour importune,

Regarde, avec froideur, l'alégresse commune.

Elle marche à l'autel d'un pas foible, incertain.

Elle offre à son Époux négligemment sa main

Et parmi les apprêts de ce triste hymenée,

Vers les Grâces en pleurs sa vue est détournée.

La Superbe Junon, dans un autre tableau,

De ce fatal hymen allume le flambeau.

Elle donne aux Epoux la coupe révérée.

Une éternelle foi par Vénus est jurée.

Vulcain croit au serment, & l'Olimpe en sourit.

Plus loin le Dieu, blessé d'un refus qui l'aigrit,

Entraîne, impatient, l'Épouse désolée.

On la voit loin de lui s'enfuir échevelée.

Si ces charmes divins pouvoient être inconnus,

Si quelqu'autre Beauté ressembloit à Vénus,

On croiroit voir la Nymphe interdite & confuse

Que Pluton vint surprendre aux bords de l'Aréthuse.

Enfin, le Dieu l'emporte & la preffe en fes bras.
Tout l'Olimpe en tumulte accompagne leurs pas.
Près du lit nuptial Vénus efpère encore
Echapper à l'ardeur de l'Époux qu'elle abhorre.
Elle combat, réfifte & dans ce trouble heureux
De fon voile agité fe relâchent les nœuds.
Il flotte dans les airs & le tiffu s'entr'ouvre.
Sa gorge demi-nue échappe & fe découvre :
Mais plus prompt à couvrir qu'à baifer ce beau fein,
L'Époux le cache alors fous fa jaloufe main.
    Vénus tombe à regret fur la couche facrée
Que l'Hymen d'un air froid pour elle a préparée.
Sur ce lit malheureux loin de femer des fleurs,
On voit l'Amour plaintif l'arrofer de fes pleurs.
D'un feu fombre & jaloux l'œil de Mars étincelle.
Cithérée eft alors fi touchante & fi belle
Que les Dieux attendris plaignent fon embarras.
Les Déeffes plus loin s'en amufent tout bas.
Enfin d'un pied léger fuit la troupe célefte.
Vulcain, quel doux moment ! Vénus, qu'il eft funefte !
Du contour des rideaux l'Époux enveloppé
Se croit heureux fans doute.... Il eft déja trompé !

Vénus se plaît à voir la pompe de son temple.

Sa beauté satisfaite, en riant, s'y contemple.

Elle-même en fixa le culte & les honneurs.

Elle y brûle l'encens, elle y jette les fleurs

Et dans ce lieu sacré, dont elle est la Déesse,

Vénus remplit encor les devoirs de Prêtresse.

L'HOMMAGE, qu'en cent lieux lui rendent les Mortels,

Loin de les honorer, avilit ses autels.

Là, sous l'éclat trompeur de leurs molles parures,

Les Filles des Cités, dans des fêtes impures,

Courent à la Fortune immoler leurs attraits

Et se font une dot du fruit de leurs forfaits.

Ici l'Épouse apporte au pied du sanctuaire

Le prix, l'infâme prix de son lâche adultère.

Là, s'unit à la sœur le frère incestueux.

Ici dans l'indécence & le bruit de leurs jeux,

Des Prêtres entourés d'un chœur de Courtisannes

Vont offrir à Vénus des guirlandes profanes.

Enfin il est un temple où des Hommes flétris,

Monstres efféminés que poursuit le mépris,

De la nature en eux dégradent la noblesse.

Là, leur difformité consacre à la Déesse,

Et le fexe détruit qu'ils perdent fans efpoir
Et le fexe emprunté qu'ils affectent d'avoir.

CITHÉRÉE a voulu que l'heureufe Doride
Eut un culte plus pur dans le temple de Gnide.
Là, le feu de l'amour tient lieu du feu facré.
Là, l'hommage eft rendu quand on a foupiré.
Là, conduit par l'efpoir chaque Amant vient fe rendre.
On n'exige de lui que l'offre d'un cœur tendre.
Vénus reçoit les vœux à l'Amante adreffés.
Vénus n'eft point jaloufe, on aime & c'eft affés.
C'eft adorer Vénus qu'adorer une Belle
Et la beauté lui femble auffi divine qu'elle.

Les Amans, enchaînés d'un lien immortel,
De la fidélité vont embraffer l'autel.
LÀ, viennent foupirer aux pieds de la Déeffe
Ceux qui n'ont pu fléchir l'orgueil de leur Maîtreffe.
La flateufe Efpérance adoucit leurs tourmens.
Un beau jour tôt ou tard luit pour les vrais Amans.
Vénus en nœuds de fleurs aime à changer leurs chaînes
Et leur félicité fe mefure à leurs peines.

LÀ, de la jaloufie on peut fentir les traits;
Mais le cœur la dévore & n'en parle jamais.

Ainſi qu'il faut des Dieux révérer l'injuſtice,

On doit de ſon Amante adorer le caprice.

DANS Gnide, on met au rang des divines faveurs

Les tranſports de l'Amour & même ſes fureurs ;

Trop heureux d'éprouver cette invincible flamme,

Ce tumulte ſecret, ces orages de l'ame,

Tendres égaremens mieux ſentis que connus.

Moins le cœur eſt à lui, plus il eſt à Vénus.

TOUT Mortel ſans amour, aux yeux de Cithérée,

N'oſe ſe préſenter dans l'enceinte ſacrée.

Au portique du temple à peine il eſt admis.

Il vient s'y proſterner en eſclave ſoumis ;

Il cherche des deſirs, il ſe cherche lui-même :

Sa liberté lui peſe, il veut des fers.... Il aime !

Il aime, il vit, il voit l'éclat d'un nouveau jour ;

Il allume ſon ame au flambeau de l'Amour.

INSTRUITES par Vénus, les Bergères de Gnide

De la ſimple innocence ont le maintien timide.

Leur front eſt coloré d'une aimable pudeur ;

Mais à la modeſtie uniſſant la candeur,

Elles ne cachent point une flamme ſincère

Et ſe vantent d'aimer en rougiſſant de plaire.

Tranquile à leurs genoux, l'Amant refpectueux
Attend, fans le hâter, le moment d'être heureux.
Ce moment eft fixé par l'Amante elle-même.
On céde fans remords quand il eft vrai qu'on aime.
Mais fe rendre fans choix, mais céder fans defir,
C'eft profaner l'Amour & fouiller le plaifir.

Au front des Gnidiens l'Amour met fa couronne;
Il épure toujours le bonheur qu'il leur donne.
Qu'une Amante trahie éprouve les froideurs
D'un infidèle Amant qui rebute fes pleurs,
D'un trait plus falutaire elle eft foudain frappée.
Dans les eaux du Léthé la pointe en eft trempée.

Si l'Amour, aux autels, voit un couple nouveau,
Il prend tout à la fois fon arc & fon flambeau;
Il lance tous fes traits, il épuife fes flammes.
Lorfque de deux Amans s'affoupiffent les ames,
Quand leur ardeur n'a plus qu'un éclat incertain
Il la fait ou mourir ou renaître foudain.
Il épargne à leurs cœurs ces triftes intervalles,
Et ces retours fi froids & ces langueurs fatales,
Etincelles d'un feu prêt à fe confumer.
Ou l'on aime à l'excès, ou l'on ceffe d'aimer.

LA

LÀ, toujours careſſant pour des peuples fideles,

L'Amour ne s'arme point de ces fléches cruelles,

De ces traits, dont jadis ſon aveugle fureur

Des filles de Minos empoiſonna le cœur ;

Traits mortels qui, mêlés & d'amour & de haine,

Signalent le pouvoir de ſa main ſouveraine.

Quand cet enfant terrible en aiguiſe le fer,

Tout tremble & c'eſt la foudre aux mains de Jupiter.

VÉNUS, lorſque l'Amour a fait une bleſſure,

L'enveloppe des plis de ſa belle ceinture.

Elle vient l'adoucir & non la refermer.

Vénus inſtruit à plaire & l'Amour fait aimer.

GNIDE voit chaque jour ſa brillante Jeuneſſe,

Ses Nymphes entourer l'autel de la Déeſſe.

Là, leur bouche ingénue exprime avec candeur

Des ſentimens naïfs, auſſi purs que leur cœur.

UNE d'elles diſoit : „ O Reine d'Idalie,

„ Hilas qui me fût cher, ſe plaint que je l'oublie !

„ Déeſſe, daigne entendre & couronner mes vœux !

„ Ils n'ont point pour objet de rallumer mes feux.

„ Déeſſe, mon amour s'eſt éteint de lui-même.

„ Fais qu'Hilas m'abandonne & que Coridon m'aime !„

B

Une autre s'écrioit : » O puissante Vénus!

» Que mes feux pour Iphis soient encore inconnus.

» Donne-moi quelque tems la force de les taire.

» L'aveu que j'en ferai sera plus doux à faire. »

Une autre, enfin, disoit : » O Reine de Paphos !

» Pourquoi mon cœur troublé n'a-t-il plus de repos ?

» Au milieu de nos jeux je suis sombre & distraite.

» Des grottes, des bosquets je cherche la retraite.

» Mais j'éprouve partout des tourmens infinis.

» J'aime peut-être?... Eh! bien, si j'aime... C'est Daphnis!»

Les Amans, les Bergers dans les beaux jours de fêtes

Au temple de Vénus vont chanter leurs conquêtes.

Les doux sons de la lyre accompagnent leurs voix ;

Ils célèbrent Vénus & l'Amour à la fois.

L'un d'eux qui, d'une main timide & caressante,

Tenoit, en la serrant, la main de son amante,

Chantoit : » Amour, amour, aux genoux de Psiché,

» Tu te blessas du trait que tu m'as décoché.

» Non, je n'en doute point, je le sens, c'est le même.

» Tu n'as pu mieux aimer, ni plus aimer que j'aime.

» N'ai-je pas tous tes feux, tes transports, tes desirs ?

» Acheve, Dieu charmant ! donne-moi tes plaisirs. «

Un berger moins difcret, plus fier de fa victoire,

Chantoit: » Fils de Vénus, je partage ta gloire.

» Qui peut vaincre Daphné, peut dompter tous les cœurs,

» Infenfible à mes vœux, infenfible à mes pleurs,

» L'orgueilleufe Daphné dédaignoit mes hommages.

» Je l'ai furprife, enfin, dans un de tes bocages.

» Regarde fur fon front ce tendre coloris !

» Regarde & vois combien j'ai puni fes mépris ! »

J'ai vu Gnide, j'ai vu cette heureufe contrée;

C'eft-là qu'à mes regards Thémire s'eft montrée.

La voir ce fut l'aimer, bruler & foupirer ;

Amour ! je la revis & ce fut l'adorer.

O Gnide ! fur tes bords je veux vivre avec elle :

J'y ferai plus heureux, elle y fera plus belle.

Nous irons dans le temple : on n'y verra jamais

De plus tendres amans, d'adorateurs plus vrais.

Au palais de Vénus je faurai m'introduire.

Je prendrai ce palais pour celui de Thémire,

Et fai-je fi mes yeux flattés & prévenus

N'y prendront pas encor Thémire pour Vénus ?

Dès le lever du jour j'irai dans la prairie

J'y cueillerai la fleur nouvellement fleurie.

B ij

Thémire permettra que ma timide main

L'attache à ſes cheveux ou l'uniſſe à ſon ſein.

Je l'y verrai pâlir, finir ſa deſtinée,

Plus heureuſe que moi, moi qui l'aurai donnée !

Mais Thémire peut-être ira dans ces boſquets

Où ſont entremêlés tant de détours ſecrets ?

Si je puis l'égarer dans ces lieux ſolitaires,

Si.... Vénus me défend de trahir ſes miſtères.

Fin du Chant premier.

CHANT SECOND.

A Gnide il eſt un antre, un antre révéré,
Aſyle de la paix aux Nymphes conſacré.
Là, du ſombre avenir Vénus eſt l'interprète.
L'effroi n'habite point cette heureuſe retraite.
D'épouvantables voix, du creux des ſouterrains
N'y mugiſſent jamais ſous les pas des humains.
On n'y voit point non plus une horrible Prêtreſſe
Se débattre en fureur ſous le Dieu qui l'oppreſſe ;
Et mêlant l'impoſture au trouble de ſes ſens,
D'un captieux Oracle envelopper le ſens.
Vénus ne ſait tromper ni l'eſpôir, ni la crainte :
On conſulte Vénus, Vénus répond ſans feinte.

Une femme.... Fuyés Mortels, fuyés.... Jamais
A tant de perfidie on n'unit tant d'attraits.
Des rivages Crétois ſur ces bords attirée,
Des jeunes Gnidiens elle marche entourée.

Grace, beauté, parure, en elle tout séduit.

De mille adorateurs le tumulte la suit.

Son geste, son coup d'œil, sa voix, tout les attire.

L'un obtient un regard, l'autre obtient un sourire,

Et celui que d'un mot elle a favorisé,

S'il est le plus heureux, est le plus abusé.

Aux Nymphes de Vénus qu'elle inspira d'alarmes !

On s'empresse, la foule environne ses charmes,

Et fiere d'un concours qui flatte son orgueil,

De la grotte sacrée elle franchit le seuil ;

Elle entre : mais soudain du fond du sanctuaire

Vénus s'écrie : » Arrête ! où vas-tu téméraire ?

» L'amour est dans tes yeux, l'imposture en ton cœur.

» Viens-tu souiller un temple où règne la candeur ?

» Ah ! je t'en punirai ! frémis de ma vengeance !

» Assez & trop longtems ta froide indifférence

» A séduit tes amans & trompé leur espoir.

» C'en est fait : ta beauté va perdre son pouvoir.

» J'en détruis le prestige & ma juste colere,

» Te laisse pour tourment le vain desir de plaire.

» Oui, tes traits sont changés, mais ton cœur ne l'est pas.

» Vois déja tes amans abandonner tes pas.

» Va, cours, pourſuis envain leur troupe fugitive.

» Cours: ils t'éviteront comme une ombre plaintive,

» Et chacun d'eux plus libre, à lui-même rendu,

» Va payer tes mépris du mépris qui t'eſt dû. »

Des murs de Nocrétis vint une Courtiſanne :

Son luxe, qui lui ſeul l'accuſe & la condamne,

Affectoit d'étaler les dons multipliés

De mille amans trahis & par elle oubliés.

» Quel ſoin, lui dit Vénus, peut ici te conduire ?

» Croirois-tu par ton culte honorer mon empire ?

» Non, ton cœur qui ſe rend ſans choix, ſans volupté,

» Détruit tous les plaiſirs que promet ta beauté.

» Ton inſenſible cœur ignore comme on aime.

» Il ne pourroit aimer mon fils, oui, mon fils même.

» Porte à d'autres autels tes yœux intéreſſés,

» Aux vils adorateurs à te plaire empreſſés,

» Cours offrir avec art tes trompeuſes careſſes ;

» Et ſûre d'obtenir le prix de tes foibleſſes,

» Va, prodigue à leurs yeux honteuſement déçus

» Des charmes éclipſés auſſi-tôt qu'apperçus.

» Fuis, dis-je ! tu ferois mépriſer ma puiſſance. »

Chargé d'or & d'ennuis, un Lydien s'avance :

Des peuples du Pactole il levoit les tributs.

La Déesse prévient ses desirs superflus.

» Je sais quels sont tes vœux, mais envain, lui dit-elle,

» Je voudrois les remplir, moi qui suis immortelle.

» Es-tu digne en effet de connoître l'amour ?

» Des dons de la fortune il n'est point le retour.

» Au sein de la vertu l'estime le fait naître.

» Tu voudrois être aimé ! malheureux, peux-tu l'être ?

» L'esclave, dont ton or a payé les attraits,

» Même en les recevant, rougit de tes bienfaits.

» Tu veux aimer ! crois moi, c'est trop vouloir encore !

» Ton cœur peut-il chérir des cœurs qu'il deshonore ?

» Les plaisirs achetés ne sont plus des plaisirs.

» A grossir tes trésors borne tes vains desirs.

» Leur amas peut, un jour, te devenir utile.

» L'indifférence fuit un bonheur trop facile

» Et sur ce que l'amour eut jamais de plus doux,

» Tu sentiras ton ame étendre ses dégoûts. «

Alors vient un Berger des champs de la Doride ;

On le nomme Aristée : il avoit vu dans Gnide

Camille, jeune objet dont son cœur est charmé.

Il l'aime ; nul amant n'a jamais tant aimé ;

Il l'aime & vient encor tout plein de son image,
Demander à Vénus de l'aimer davantage.

  » Je connois, lui dit-elle, & ton ame & ses feux.

» Camille d'un Monarque eut pu remplir les vœux ;

» Mais au choix de l'amour qu'importe une couronne ?

» Tu brules pour Camille & Vénus te la donne.

» Les titres & les rangs ont peu d'éclat pour moi.

» Un Berger bien épris l'emporte sur un Roi.

  Je parus à mon tour sur les pas de Thémire :
La Déesse me dit avec un doux sourire ;

» J'ai rempli tes souhaits, je les ai prévenus.

» Que puis-je encore ? est-il au pouvoir de Vénus

» D'accroître ton amour, d'embellir ton amante ?

» Ton amour est si vrai ! Thémire est si charmante !

  » Déesse ! m'écriai-je : Ah ! Déesse, écoutés !

» Non, je n'ai point encore épuisé vos bontés.

» Déesse, comblés-les ! faites que ma Thémire

» N'ait d'ame que mon ame & pour moi seul respire !

» Que tous ses sentimens l'intéressent à moi !

» Que m'aimer, de ses jours soit le plus doux emploi !

» Que la nuit mon image à ses sens soit tracée !

» Que je sois au réveil sa première pensée !

» Qu'elle enivre ſes yeux du plaiſir de me voir !

» Qu'abſent je ſois encor ſon deſir, ſon eſpoir !

» Enfin, lorſque le ciel veut que je la revoie,

» Que Thémire gémiſſe au milieu de ſa joie,

» Déeſſe, & que ſon cœur, heureux par mon retour

» Regrette les momens perdus pour notre amour !

Fin du Chant ſecond.

CHANT TROISIÈME.

Quand le Dieu des saisons, sa course terminée,
Recommence au Printems le cercle de l'année,
Gnide ouvre ses remparts à cent peuples divers ;
Ses fêtes & ses jeux appellent l'Univers.
Des rives du couchant, des portes de l'aurore,
Là, vient ce sexe heureux, ce sexe qu'on adore.
Là, le plus doux triomphe est par lui disputé.
La plus Belle y reçoit le prix de la beauté.
La naissance est alors un titre qu'on dédaigne.
Le trône est dans les cœurs, c'est la beauté qui règne.
Elle éclipse les rangs, elle éteint tous les droits :
La Bergère en impose à la fille des Rois.
Dans ce cirque brillant, où cent jeunes rivales
Ont un même avantage & des armes égales,
On croiroit que le prix dût rester incertain :
Vénus jette un coup d'œil & le donne soudain.

Vénus n'ignore pas quelle heureuse mortelle
Reçut plus de faveurs & de son fils & d'elle.

Hélène dans ces jeux trois fois obtint le prix.
Deux fois elle l'obtint, quand Thésée & Pâris
Au palais de Tindare oserent la surprendre.
Hélène triompha quand des bords du Scamandre
Elle fut reconduite aux bords de l'Eurotas,
Et rentra plus chérie au lit de Ménélas.
L'époux, en retrouvant cette épouse abusée,
Se crut non moins heureux que Pâris & Thésée.

J'ai vu des jeux sacrés la pompe & le concours,
J'ai vu de toute part les Grâces, les Amours,
Amener par la main les belles Errangères.
L'Innocence, au front pur, conduisoit les Bergères.

Les filles de Corinthe étaloient aux regards
L'or flexible & mouvant de leurs cheveux épars.

Celles de Salamine, à leur premiere aurore,
Déployoient tout l'éclat & la fraîcheur de Flore.
Elles avoient cet âge, âge heureux de l'amour
Où la beauté va naître & naît comme un beau jour.
A peine elles ont vu de son haleine pure
Le Zéphir treize fois rajeunir la nature.

À peine l'on voyoit s'élever fur leur fein

Ces globes que l'Amour arrondit de fa main ,

Ces charmes que le feu de l'ardente jeuneffe

Sous un voile importun fait palpiter fans ceffe.

Au lever du foleil telle on voit une fleur ,

Des premiers feux du jour reffentant la chaleur ,

Repouffer, déchirer le tiffu qui la couvre ;

Et montrer les tréfors de fon fein qu'elle entr'ouvre.

Les filles de Lesbos exprimoient dans leurs vœux

Du plus impur amour le fentiment honteux.

La rougeur fur le front, l'une difoit à l'autre :

» L'éclat de mes attraits s'efface près du vôtre.

» Rien ne me femble ici plus aimable que vous :

» Mon cœur en eft ému, mais n'en eft point jaloux.

» Si du même œil que moi Vénus vous confidère

» Cette palme brillante à nos defirs fi chère,

» Ce prix que je vous cède & n'ofe difputer,

» Aux yeux de l'Univers vous allez l'emporter. «

Des femmes de Milet parurent les plus belles.

L'albâtre, le lys même eft obfcurci par elles.

Leur air majeftueux & leur taille & leurs traits ,

Tout annonce l'éclat de leurs charmes fecrets.

Les Dieux n'ont point formé de plus noble affemblage.

Sans doute elles feroient leur plus parfait ouvrage

S'ils leur avoient donné, plus diftraits dans leurs foins,

Quelques graces de plus, quelques beautés de moins.

 A leur fuite marchoient les Nymphes d'Idalie.

„ Au culte de Vénus la volupté nous lie ,

Difoient-elles : „ dans Chypre on confacre aux Amours

„ Et fes premiers attraits & fes premiers beaux jours.

„ D'une fauffe vertu nous bravons les alarmes.

„ Nous ne rougiffons point de prodiguer nos charmes.

„ Peut-on plaire à Vénus fans bruler pour fon fils ?

„ Nous les fervons tous deux... Ils nous doivent le prix. „

 Sparte , toujours avide & d'éclat & de gloire,

Vint auffi dans ces jeux difputer la victoire.

On s'étonne à l'afpect de fes fieres Beautés.

Leurs voiles entr'ouverts, par les vents agités,

Et qu'à peine arrêtoit le nœud de leur ceinture,

Autour de leurs appas flottoient à l'aventure.

Souvent ils laiffoient voir à la clarté du jour

Ceux qu'aux yeux du myftère a réfervés l'amour.

De l'honneur, cependant, elles ont tout le fafte :

Mais telle eft de leurs loix le bizarre contrafte

Qu'elles ont pour objet, en bravant la pudeur,

D'affermir les héros contre un charme trompeur,

Et d'élever enfin, dans leur ame aguerrie,

Au-deſſus de l'amour, l'amour de la patrie.

MER fameuſe en écueils, des dépôts précieux,

Franchirent tes dangers ſous la garde des Dieux !

Un navire chargé d'auguſtes deſtinées,

Fendit d'un cours heureux tes vagues mutinées;

Et tu vis autrefois le noble fils d'Eſon

Emporter, ſur ton ſein, Médée & la Toiſon.

Le ſouffle du Zéphire, applaniſſant tes ondes,

Vient de conduire encor ſur tes plaines profondes

Un eſſain de Beautés que vit naître Colchos

Et ſous un poids ſi doux l'amour courba tes flots.

DES femmes de Lydie Oriane entourée,

S'avança dans les jeux triomphante, adorée.

Dans des corbeilles d'or cent Nymphes de ſa cour

Aux autels de Vénus, aux autels de l'Amour,

Du Pactole ſuperbe offrirent les richeſſes.

Reine majeſtueuſe & ſemblable aux Déeſſes,

Oriane, au milieu du faſte & des grandeurs,

Seule arrêtoit les yeux & fixoit tous les cœurs.

Epoux enorgueilli, Candaule vint lui-même.

Plus fier de son amour que de son diadême,

De la belle Oriane esclave couronné,

Il dépose à ses pieds son sceptre abandonné.

Heureux de contempler l'épouse qu'il adore,

Il la voit, la revoit & veut la voir encore.

Un desir satisfait lui redonne un desir.

Un plaisir toujours vif suit l'excès du plaisir.

» Hélas ! s'écrioit-il, je suis heureux sans doute !

» Mais, l'amour a vu seul le bonheur que je goûte.

» S'il étoit plus connu qu'il feroit de jaloux !

» Les Dieux même, Oriane, envîroient votre époux.

» O Reine, dédaignez ces fêtes étrangeres !

» Abandonnez le prix à des Beautés vulgaires.

» Un laurier plus flatteur, d'autres prix vous font dûs.

» Quittez ces ornemens & tous ces vains tissus :

» D'une pompe inutile Oriane voilée,

» Inconnue à la foule, y languit, isolée.

» Ah ! montrez mon bonheur, montrez-vous aux Mortels.

» A l'Univers charmé demandez des autels. «

Je vis, non loin de-là, les femmes de l'Euphrate.

L'or sur leurs vêtemens parmi la pourpre éclate :

Leur

Leur luxe politique, étalant les bienfaits,

Dont mille adorateurs ont payé leurs attraits,

Par ce vain appareil croit réhausser encore

Le prix d'une Beauté que ce prix déshonore.

Les femmes de l'Egypte avançoient sur leurs pas,

Un contraste enchanteur relevoit leurs appas.

Mille feux jaillissoient de leur prunelle sombre,

Et l'éclair y sembloit étinceler dans l'ombre.

Leurs cheveux, sur leur sein, flottans à longs replis,

Opposoient leur ébène à la blancheur des lis.

Leurs tranquilles époux marchoient à côté d'elles.

» Par goût & par devoir nous vous sommes fidelles,

» Leur disoient-ils : Isis nous soumet à vos loix ;

» Mais, plus puissans qu'Isis, vos charmes font vos droits.

» Entre les Dieux & vous notre encens se partage ;

» Nous aimons dans vos fers notre heureux esclavage.

» Nos usages, nos mœurs, l'attrait de la beauté,

» L'amour, tout garantit notre fidélité :

» L'amour, le seul amour nous répond de la vôtre.

» Triomphez dans ces jeux, votre gloire est la nôtre ;

» Mais préférés à tout le cœur de vos époux.

» Quand des soins étrangers vous éloignent de nous,

C

» Renfermés fous nos toîts, d'une main fortunée,

» Nous cultivons en paix, les fruits de l'hymenée ;

» Et là, nous attendons l'heure, l'inftant du jour

» Où vous reparoîtrez fur les pas de l'amour. »

Ces fiers Navigateurs qui, fouverains de l'onde,

Font voler leurs vaiffeaux jufqu'aux bornes du monde,

Des rivages, où Tyr voit la mer à fes pieds,

Amenèrent auffi leurs brillantes moitiés.

Le poids des ornemens courboit leur tête altiere.

On croiroit à les voir que la nature entiere

Leur prodiguât les dons de cent climats divers ;

Et tînt, pour les parer, tous fes tréfors ouverts.

Des lieux où naît le jour d'autres vinrent encore.

On dit que ces Beautés, les filles de l'Aurore,

Pour contempler leur mere avancent leur réveil.

On dit que leur douleur accufe le foleil

Quand fon char, s'élevant des bords de l'hémifphère,

Eclipfe les rayons & les feux de leur mère.

La tendreffe eft jaloufe autant que l'eft l'amour,

L'Aurore eft elle-même accufée à fon tour ;

Et l'on voit à regret que le refte du monde

Partage les faveurs de fa clarté féconde.

Un peuple qui couroit empreſſé, curieux,
Vers un objet nouveau me fit tourner les yeux.
Je vis, ſous les feſtons d'une tente où l'or brille,
Une Reine de l'Inde & ſa jeune famille :
Semblables à des fleurs ſes filles l'entouroient,
Ses filles qu'elle aimoit & que ſes mains paroient,
Ses filles qui, déjà dans leur aimable enfance,
Des charmes de leur mere annonçoient l'eſpérance.
J'apperçus à leurs pieds ces Monſtres impuiſſans,
Eſclaves des Beautés dont ils ſont les tyrans.
L'air enflammé de Gnide augmente leur triſteſſe :
Leurs yeux ſemblent y fuir un éclat qui les bleſſe,
Et d'un ſexe adoré le concours enchanteur
De leur vain déſeſpoir renouvelle l'horreur.

D'autres vinrent auſſi de la plage lointaine,
Où le fier Océan retint le fils d'Alcmène.
L'Univers, en un mot, accourût dans ces jeux.
Partout à la Beauté l'amour offre des vœux.
Les hommages partout ſont prodigués aux Belles :
Mais les plus éclatans ſont les plus dignes d'elles,
Ils flattent leur orgueil & cet orgueil jaloux
N'eſt ſatisfait d'aucun s'il ne les obtient tous.

Des Bergeres de Gnide, enfin, je fuis les traces.

Belles fans ornemens, elles n'ont que des graces.

On ne voit point la perle ou l'or dans leurs cheveux

En captiver la treffe, en refferrer les nœuds.

Leur parure eft l'émail des doux préfens de Flore.

Zéphir de fes baifers les y careffe encore.

Leur robe voltigeante, ouvrage de leurs mains,

Se déploie & fe joue en replis incertains,

Et n'a dans fes contours d'autre art, d'autre élégance,

Que de marquer la taille & d'en montrer l'aifance.

Camille dédaigna la gloire de ces jeux :

Camille fe difoit, modefte dans fes vœux,

» Que m'importe la palme aujourd'hui difputée?

» Je fuis, grace à Vénus, belle aux yeux d'Ariftée ! «

De fa préfence augufte honorant ce grand jour,

Diane vint : Diane, au-deffus de l'amour,

N'ambitionnoit point la couronne des Belles.

La Déeffe eut rougi de vaincre des Mortelles.

Je me trompai d'abord & je la méconnus :

Vénus étoit loin d'elle & je crus voir Vénus;

Mais, dût-elle punir une bouche profane,

Vénus vint auprès d'elle & je revis Diane.

Nul spectacle jamais ne fut aussi pompeux.

Les peuples réunis, mais distingués entr'eux,

Offroient tout à la fois à l'œil qui les dévore,

Les Beautés du couchant & celles de l'aurore.

On court, on croit errer dans les climats divers.

La scène s'aggrandit & Gnide est l'Univers.

La nature prodigue & féconde en richesses,

De charmes différens embellit les Déesses :

Ainsi la main des Dieux, divisant ses bienfaits,

Entre les Nations partagea les attraits.

Ici c'est de Pallas la beauté grave & fière ;

Là, celle de Junon, majestueuse, altière ;

Là, c'est le teint d'Hébé, ses roses & ses lis ;

Là, les traits délicats, la douceur de Thétis ;

Là, la simplicité de Diane & de Flore ;

Là, les rayons si purs du regard de l'Aurore ;

Là, des sœurs de l'Amour les charmes ingénus,

Et quelquefois ici l'air riant de Vénus.

Tout pays a ses mœurs, tout climat ses usages.

Chez les peuples divers, policés ou sauvages,

La décence est soumise au caprice des loix.

Partout on l'interprette, on l'exprime à son choix.

Parmi tant de Beautés, qu'un même lieu rassemble,
Air, maintien, tout varie & rien ne se ressemble.
La pudeur au hazard jette un voile incertain.
Ici l'épaule est nue & plus loin c'est le sein :
Là, d'un pied découvert si la vertu s'alarme,
La vertu sans rougir découvre un autre charme.
Tout suit l'opinion, l'honneur lui cède aussi,
Et l'on prodigue là ce qu'on refuse ici.

Les Dieux sont si flattés des graces de Thémire,
Que jamais ils n'ont pu la voir sans lui sourire.
Thémire est leur ouvrage & Thémire leur plaît.
Vénus sur elle encore ouvre un œil satisfait,
La contemple avec joie, & seule des Déesses
N'a point, en l'admirant, de jalouses foiblesses.

Comme sur la verdure, entre l'émail des fleurs,
On distingue la rose à ses vives couleurs,
Au milieu des Beautés, dont l'essain l'environne,
L'œil reconnoît Thémire & le cœur la couronne.
Même avant que Thémire eut pu voir tant d'attraits,
Tant d'attraits par les siens éclipsés à jamais,
La honte dispersa ses rivales confuses.
Thémire à leur orgueil ne laissa point d'excuses.

Leur vanité n'eut point l'honneur d'un long combat.

Thémire, négligée & simple en son éclat,

S'avance ; elle triomphe, & Vénus dit aux Graces :

» Allez, suivez Thémire, environnez ses traces.

» Attachez sur son front mes mirthes favoris :

» Allez : c'est à vos mains à lui donner le prix.

» De toutes les Beautés, que le cirque rassemble,

» Thémire est la plus belle & seule vous ressemble. «

Fin du Chant troisiéme.

CHANT QUATRIÉME.

Pendant que ma Thémire, humble dans sa victoire,

Aux pieds de la Déesse en dépose la gloire,

Qu'elle brûle aux autels les parfums les plus doux,

Qu'elle flatte, console un sexe né jaloux ;

Et que distribuant les fleurs de sa couronne,

Aux Nymphes de sa suite, elle-même les donne :

Moi, respectant des soins si dignes de son cœur,

Seul, au fond d'un bosquet, je rève à mon bonheur.

 O Surprise ! soudain j'apperçois Aristée !

Je l'avois vu dans l'antre où, par nous consultée ;

Vénus nous prononça son oracle sacré.

Je me sentis heureux de l'avoir rencontré.

Ah ! l'attrait fut égal : nos ames élancées,

Brûlerent de confondre & d'unir leurs pensées.

Moi, pouvois-je éluder ce sentiment vainqueur ?

Tel est des Gnidiens le prestige enchanteur ;

On éprouve à leur vue, à leur seule présence

Tout ce qu'après les maux & l'ennui de l'absence,

Deux fidéles amis, au moment du retour,

Ont pu goûter jamais & d'ivresse & d'amour.

Nos cœurs qui s'attiroient, d'eux-mêmes se donnèrent;

L'un dans l'autre bientôt tous deux ils s'épanchèrent.

Je crus voir l'Amitié, d'un air riant & doux,

Descendre de son char, s'asseoir auprès de nous,

Ses mains unir nos mains, & les serrant ensemble,

Consacrer à jamais le nœud qui nous rassemble.

D'un plaisir inconnu, nos sens étoient ravis.

Nous nous dîmes, d'abord, quelques mots peu suivis.

Telle est du sentiment la première éloquence :

Un desir d'Aristée ouvrit ma confiance.

Il voulut me connoître, & tel fut mon discours.

Aux murs de Sibaris ont commencé mes jours.

Vénus dans les devoirs du plus saint ministère

Occupoit aux autels Antiloque mon père.

Peut-être ignorez-vous les mœurs de Sibaris ?

Que ces mœurs, Aristée, inspirent de mépris !

Sans doute, il est affreux de haïr sa patrie.

Aux yeux de l'Univers la mienne s'est flétrie.

Là, fouillant du plaifir l'aimable pureté,

On confond les befoins avec la volupté.

Tous les Arts bienfaifans ont fui de cette enceinte.

Sibaris les chaffa dans l'odieufe crainte

Que leur bruit, leur tumulte, autour de fes palais,

De fon peuple indolent ne pût troubler la paix.

Mais les Arts corrupteurs font accueillis par elle.

S'ils ouvrent au plaifir quelque route nouvelle,

S'ils flattent fa moleffe & fes goûts infenfés,

Par des prix, des honneurs ils font récompenfés.

O honte ! oui, mon Ami, j'ai vu le Sibarite

Enrichir des Bouffons la troupe parafite,

Et laiffer fans fortune ainfi que fans éclat

Un peuple de Héros, la gloire de l'Etat.

   Autour de Sibaris les campagnes riantes

Offrent de tous côtés des moiffons abondantes :

Mais un fafte infolent abufe dans ces lieux

Des préfens de la terre & des faveurs des cieux.

Ces biens, loin d'éveiller une noble induftrie,

Dans un honteux repos endorment ma patrie.

   Les Citoyens oififs fe créant des befoins,

D'un fexe, né frivole, imitent tous les foins.

Dans des métaux brillans où se peint leur image,

On les voit composer les traits de leur visage,

Se couronner de fleurs, parfumer leurs cheveux,

En suspendre la tresse, en arrondir les nœuds.

Leur main avec tant d'art & nuance & colore

Un teint pâle & flétri que l'Art flétrit encore;

Tous ces Mortels, enfin, lâches, efféminés,

D'un éclat si pompeux marchent environnés,

Tant de luxe amollit & dégrade leurs ames

Que l'œil dans Sibaris croit ne voir que des femmes.

La Beauté sans pudeur y cède sans amour.

Chaque jour voit finir l'espoir de chaque jour.

On n'y recherche point ce bien, ce bien suprême,

Ce doux plaisir d'aimer, d'être aimé comme on aime.

D'un éclair de bonheur on s'y laisse éblouir.

On demande, on obtient, & l'ame croit jouir.

Jouir! non, mon Ami; nul charme n'environne,

Ne précède, ne suit les faveurs que l'on donne.

On est bientôt heureux; mais on n'est rien de plus.

Ces détails si touchans, ces combats, ces refus;

Tous ces soins, tous ces maux, toutes ces jouissances;

Ce contraste enchanteur de craintes, d'espérances,

Tant de momens heureux avant l'heureux moment;

Les doutes de l'Amante & les vœux de l'Amant ;

Cette pudeur aimable encor plus qu'importune,

Mille plaisirs pour un, cent conquêtes pour une ;

Tous ces riens, en un mot, dont l'amour fait le prix :

Voilà ce que jamais n'a connu Sibaris.

Si la Beauté du moins sous un maintien modeste,

Y voiloit de ses mœurs le désordre funeste !

Mais elle brave tout : rien, non rien dans ces lieux

N'effarouche l'oreille ou n'étonne les yeux.

Loin que le Sibarite, en voltigeant sans cesse

Et d'objets en objets & d'ivresse en ivresse,

Epure, enfin, son ame au feu des Voluptés ;

Las de tant de plaisirs rapidement goûtés,

Il ne s'y livre plus qu'avec indifférence.

Ils n'ont tous à ses yeux qu'une même nuance.

Son ame sans ressort languit sans mouvement,

Et ne peut distinguer un goût d'un sentiment.

Dans le rire affecté d'une joie apparente,

Il consume le cours de sa vie indolente :

Mais, ce dehors trompeur cache un profond ennui.

Cet ennui le dévore, il le traine avec lui,

Et c'eft envain qu'il quitte, en croyant fe diftraire,
Un plaifir qui déplaît pour un qui va déplaire.

DE mes Concitoyens les fens trop délicats,
Toujours près du bonheur, ne le pofsèdent pas.
Il échappe à leurs foins, à leurs recherches vaines :
Mais froids pour le plaifir, ils reffentent les peines.
Leurs maux les plus légers font des tourmens affreux.
L'un d'eux (& ce trait feul me fait rougir pour eux),
L'un d'eux, fur le duvet où leur ennui repofe,
Sçût trouver la douleur dans le pli d'une rofe.

AUTOMATES flétris, fantômes épuifés,
Du poids de leur parure ils femblent écrafés.
Leur corps foible & tremblant s'affaiffe fous lui-même.
Tous ces voluptueux, dans leur molleffe extrême,
Sont éblouis du jour dont ils font éclairés.
On les voit, fur leurs chars, pâles, défigurés,
S'évanouir au bruit de leurs courfiers rapides.
Au milieu des feftins, fur leurs lévres livides
Leurs mains, en frémiffant, portent les coupes d'or :
Ils y burent l'ennui qu'ils vont y boire encor.

POUR hâter le foleil & la courfe des heures,
Etendus fur des lits au fond de leurs demeures,

Heureux de s'oublier, ils dorment fous le dais.

Le filence & la nuit règnent dans leurs palais.

Là bercés triftement des mains de la Molleffe,

Leur propre oifiveté les laffe & les oppreffe.

Brifés par le repos, tourmentés fur des fleurs,

Ils s'agitent, enfin, & vont languir ailleurs.

 Trop foibles... Dieux puiffans, rendez vain cet augure!

Trop foibles pour porter le fardeau d'une armure,

Epouvantés chez eux de l'ombre des dangers,

Plus timides encore aux yeux des étrangers,

Efclaves deftinés aux fers d'un nouveau maître,

Ils auront pour vainqueur quiconque voudra l'être.

 A peine la raifon éclaira mes efprits

Que je fus indigné des mœurs de Sibaris.

J'ai toujours craint les Dieux & la vertu m'eft chere.

„ Ah ! fuyons, ai-je dit ! qu'un autre ciel m'éclaire !

„ Auprès de mon berceau trop long-tems enchaîné,

„ Je ne refpire ici qu'un air empoifonné.

„ Fuyons ! que ce vil peuple, ennemi de lui-même,

„ Attache aux Voluptés fa volupté fuprême,

„ Qu'heureux dans Sibaris il veuille l'habiter,

„ Il eft fait pour s'y plaire & moi pour la quitter. „

JE cours, je vole au temple aux pieds de la Déeſſe.

J'écarte autour de moi la foule qui s'empreſſe.

Je m'élance aux autels, à ces mêmes autels

Où mon pere apportoit l'hommage des Mortels.

Je m'élance & m'écrie au milieu du tumulte :

» J'abandonne, ô Vénus, ton temple & non ton culte !

» Je t'offrirai partout l'encens que tu chéris.

» Je te l'offrirai pur, plus pur qu'à Sibaris. »

JE partis & bientôt j'arrivai dans la Crête.

Pour un cœur vertueux quelle horrible retraite !

Mes yeux, ô mon Ami, n'ont vu dans ce ſéjour

Que d'affreux monumens des fureurs de l'Amour !

Là, ce Taureau d'airain qui, par ſon impoſture,

Servit, trompa des feux dont frémit la nature.

Ici ce labirinte embarraſſé, confus

Où les pas égarés s'égaroient encor plus ;

Mais, conduit par un fil dans ce vaſte édifice,

Théſée en éluda le piége & l'artifice.

Là, le palais de Phèdre & plus loin ſon tombeau.

Phèdre qui du ſoleil fit pâlir le flambeau !

Phèdre qui, reſpirant l'inceſte & l'adultère,

N'a que trop imité Paſiphaë ſa mère !

Je vis, non loin de-là, le temple de fa fœur.

De la tendre Ariane on y plaint le malheur ;

Ariane qui, feule, errant à l'avanture,

Pleuroit dans les déferts la fuite d'un parjure,

Mais qui, trop foible encor, ne fe repentoit pas

D'avoir de ce perfide accompagné les pas.

Je vis, enfin, je vis l'autel d'Idomenée.

O malheureux vainqueurs ! ô gloire infortunée !

Tous ces Grecs échappés à cent périls divers,

Aux combats de l'Afie, à la fureur des mers,

Pourfuivis par Vénus & par les Euménides,

Trouvèrent fous leurs toîts des Époufes perfides.

Dans leurs embraffemens ils reçurent la mort.

Idomenée, hélas ! eut un plus trifte fort !

Il va périr ! un vœu le fauve du naufrage.

Vœu cruel !.... C'eft fon fils qu'il immole au rivage.

Je quittai cette terre odieufe à Vénus.

L'orage me jetta fur des bords inconnus

Qu'entouroit de fon onde une mer en furie.

C'étoit Lesbos, Lesbos de Vénus peu chérie.

Aux femmes de cette île elle ôte la pudeur,

L'agrément à leurs traits, l'innocence à leur cœur.

Ah !

Ah ! laiſſe-les brûler d'une flamme plus pure ,

Déeſſe ! que ton fils les rende à la nature !

Lesbos de trop d'horreurs a ſouillé tes regards.

C'est-là que Mytilène élève ſes remparts.

Sapho de Mytilène.eſt-là honte & la gloire.

Cette immortelle ſœur des filles de Mémoire,

Abandonne ſon ame à de folles amours ;

Elle abhorre ſon ſexe & le cherche toujours.

Hélas ! combien de fois elle a maudit ſes charmes ?

Combien de fois réduite à répandre des larmes,

A-t-elle déteſté les penchans de ſon cœur ?

» Amour, cruel enfant, tu ris de ma douleur,

» Diſoit-elle ! ah ! pourquoi mêles-tu tant de peines

» A d'impuiſſans deſirs, à des flammes ſi vaines ?

» Venge-toi, punis-moi de mes coupables feux.

» Oui frappe : je crains moins ton courroux que tes jeux ! »

Bientôt j'abandonnai ces funeſtes rivages.

J'arrivai dans Lemnos : de ſes peuples ſauvages,

Vénus reçoit encor des affronts plus cruels.

Sur leurs rochers fumans Vénus n'a point d'autels,

Et de ces cœurs groſſiers la farouche rudeſſe

Craindroit de s'amolir en ſervant la Déeſſe.

D

Juftement irritée elle a puni cent fois

Leur orgueil dédaigneux, leur mépris pour fes loix:

Mais, dans les châtimens ce peuple plus impie

Renouvelle fon crime & jamais ne l'expie.

J'osai tenter encor le caprice des flots.

Le fouffle des Zéphirs me porta vers Délos.

J'habitai peu de tems cette île révérée :

Je ne fçais fi des Dieux la fageffe éclairée

Du cours de nos deftins & des événemens

A daigné mettre en nous quelques preffentimens ;

Mon Ami, je ne fçais fi notre ame immortelle,

Si de l'ame des Dieux cette pure étincelle

De fa noble origine aura pu retenir

Le pouvoir de percer l'ombre de l'avenir ;

Mais, Délos, me laiffant ma vague inquiétude,

Ne put de mes efprits fixer l'incertitude,

Et vers un ciel nouveau je fentis que mon cœur

S'élançoit attiré par l'efpoir du bonheur.

Une nuit où mon ame, entiere à fa penfée,

Du poids de fes liens fembloit débarraffée,

Ou du premier fommeil légérement furpris,

Mes fens n'égaroient plus le cours de mes efprits ;

Il m'apparut foudain... Dirai-je une Mortelle,
Une Divinité? qu'importe ?... Elle étoit belle.
Je crois la voir encor ! Dieux ! quel air & quels traits !
Vénus a plus d'éclat fans avoir plus d'attraits.
Des charmes différens qu'elle unit & raffemble,
Aucun n'eft régulier... On aime leur enfemble.
On ne l'admire point, elle enchante, elle plaît.
Elle peut être mieux.... Elle eft mieux comme elle eft.
Ses cheveux, en défordre, errent à l'avanture ;
Mais cet abandon même en devient la parure.
C'eft ce *je ne fçais quoi* dont l'œil eft fi flatté,
Que la beauté n'a point, qui n'eft point la beauté,
Qu'on ne peut définir, qu'envain l'on voudroit peindre,
Secret de la Nature où l'art ne peut atteindre.
Bientôt elle fourit à mon étonnement.
Quel fourire, Ariftée, & qu'il étoit charmant !
Sourire de Vénus, à peine tu l'effaces !
Elle me dit : „ Je fuis la feconde des Grâces.
„ C'eft Vénus qui m'envoie, elle veut ton bonheur ;
„ Mais pars : cours avant tout mériter fa faveur !
„ Cours au temple de Gnide adorer l'Immortelle. «
Alors elle s'envole & mon fonge avec elle.

D ij

Envain j'étends les bras : plus prompt que les éclairs,

Son fantôme léger disparoît dans les airs ;

Elle fuit & mon cœur, après l'avoir perdue,

Soupira du plaisir que m'avoit fait sa vue.

Je pars... O doux climat !... O fortuné séjour !

O Gnide ! sur tes bords je respirai l'amour !

Aristée, oui, je crus y prendre un nouvel être.

Dans un autre Univers votre ami crût renaître.

Je sentis... Mais comment pourrai-je l'exprimer ?

Je n'aimois point encor, mais je voulois aimer.

Je ne sçais si l'Amour, si Vénus elle-même

S'emparoient de mes sens... Mon trouble étoit extrême!

A pas précipités j'errois dans ces beaux lieux.

Mes yeux les dévoroient, ils enchantoient mes yeux.

Quel bruit interrompit mes douces rêveries ?

Un essain de Beautés, sur l'émail des prairies,

Badinoit, folâtroit, des jeux environné.

Par un charme vainqueur je me sens entraîné.

Hélas ! me suis-je dit, que fais-je ? où vais-je ? où suis-je ?

Quel est donc de ces lieux l'attrait & le prestige ?

Quoi ! déja de l'Amour, j'ai les égaremens !

Quoi ! je vole, inquiet, à ces objets charmans !

Il n'importe : je cède au pouvoir qui m'attire ;

Je cours impatient... Je vois... Je vois Thémire !

Sans doute pour s'aimer nos deux cœurs étoient faits.

Thémire m'éblouit de l'éclat de ses traits.

Thémire éclipsa tout, je ne regardai qu'elle.

Je serois mort, ami, mais d'une mort cruelle

Si cette Nymphe aimable avec un tendre accueil,

N'eut fait tomber sur moi la faveur d'un coup d'œil.

» O Vénus, m'écriai-je, ô puissante Déesse,

» S'il est vrai qu'à mon sort ta bonté s'intéresse,

» Si tu promis ici le bonheur à mes feux,

» Enfin si c'est ici que je dois être heureux,

» Déesse que ce soit avec cette Bergère !

» Oui, toute autre Beauté me devient étrangère.

» Elle seule, ô Vénus, peut combler tes bienfaits,

» Et remplir tous les vœux que je ferai jamais ! «

Fin du Chant quatriéme.

CHANT CINQUIEME.

De mon nouveau bonheur j'entretins Aristée.
Pour soulager son ame, en secret tourmentée,
Instruit de mes amours, il raconta les siens.
Du feu de ses récits j'animerai les miens.
Oui, tout ce qu'il m'a dit je pourrai le redire.
Le Dieu qui l'inspiroit est le Dieu qui m'inspire.

Ma vie, obscure & simple en ses événemens,
Tient tout son intérêt de mes seuls sentimens,
Dit-il : à peu d'éclat vous devez vous attendre.
Mes peines, mes plaisirs, un cœur fidele & tendre,
Camille & ses attraits, Camille & mes amours,
Des jours heureux.... Voilà le tableau de mes jours.

Camille est Dorienne & Gnide est sa patrie.
Sa famille honorable y fut toujours chérie :
Mais ce lustre pour elle est un lustre emprunté.
Sans biens & sans naissance elle auroit la beauté ;

Elle auroit tout, & plaire eſt ſon plus doux partage.

C’eſt cet air ſéduiſant qui prévient, flatte, engage.

Ce ſont, ô mon Ami, ces appas enchanteurs

Que les yeux ſatisfaits vont peindre dans les cœurs.

Il n’eſt point de Beauté que Camille n’efface,

Point qui n’ambitionne & ſon charme & ſa grace.

Pour nous, dès qu’une fois nous avons vû ſes traits,

Il faut la voir toujours, ou ne la voir jamais.

Sa taille, dont les yeux admirent l’élégance,

Comme un roſeau flexible aiſément ſe balance.

Son front toujours modeſte, eſt noble ſans orgueil.

Le regard le plus pur s’échappe de ſon œil.

Il eſt vif & l’on croit qu’il va devenir tendre.

J’ai vu, j’ai vu cent fois mes rivaux s’y méprendre.

Que vous dirai-je encor ? C’eſt un mélange heureux

Des plus beaux traits unis par d’inviſibles nœuds.

Leur accord fait leur charme, & de cette harmonie

L’ame éprouve bientôt la douce tirannie.

Camille, en ſa parure, eſt ſimple & ſans apprêt,

Mais, l’art le plus pompeux près d’elle diſparoît.

Ce feu, dont la beauté rarement étincelle,

L’eſprit anime encor ſa grace naturelle.

D iv

Il fe peint dans fon gefte, il brille dans fes yeux.

Folâtre tour-à-tour, tour-à-tour férieux,

Dans Camille il amufe, il inftruit ou badine.

C'eft la fage Minerve, ou l'aimable Euphrofine.

PLUS vous avez d'efprit, plus vous goûtez le fien.

On s'enivre à longs traits de fon doux entretien.

Sur fa bouche ingénue eft l'aimable fourire.

Elle s'ouvre & l'on croit que fon ame y refpire.

Sa voix tendre & flexible avec un fon flatteur

Retentit à l'oreille & va parler au cœur.

Sentir, peindre, exprimer, voilà fon éloquence.

De tout ce qu'elle fait, de tout ce qu'elle penfe

L'art le plus innocent eft au loin rejetté.

C'eft la candeur uniē à la fimplicité.

C'eft le ton naturel, le ton vrai des Bergères.

Ces traits fi délicats, ces Grâces fi légères ;

Ces nuances, enfin, n'échappent point aux yeux :

Mais le cœur les faifit & les fent encor mieux.

AH ! j'ai plus que fenti, j'ai craint ces avantages !

Et cependant, on m'aime, on reçoit mes hommages.

On n'a point dédaigné, point rebuté mes vœux.

Jugez, ô mon Ami, combien je fuis heureux !

Quand l'amour me retient aux genoux de Camille,

Je la vois satisfaite & riante & tranquile :

Mais si loin de ses pas, je m'écarte un moment,

Elle s'afflige : il faut lui faire le serment

Que, moi, qui ne respire & ne vis que pour elle,

Je reviendrai bientôt & reviendrai fidèle.

Sans cesse je lui dis : je t'aime.... Elle me croit.

Je t'adore, ajouté-je... Elle le sçait, le voit ;

Mais plus je le lui dis & plus elle l'ignore,

Et je le dis cent fois pour le redire encore.

Si je lui dis : „ Tu fais le bonheur de mes jours : „

„ Tu fais le mien, dit-elle, & le feras toujours. „

En un mot, sa tendresse, à ma tendresse égale,

Entr'elle & mes desirs met si peu d'intervalle,

Que souvent, malgré moi, foible & présomptueux,

Je me crois digne d'elle & digne de ses feux.

DÉJA depuis un mois je goûtois sa présence ;

Mais toujours renfermé dans l'ombre du silence,

Mon amour au dehors craignoit de s'épancher.

A mes propres regards je voulois le cacher.

Plus Camille sembloit mériter d'être aimée,

Plus elle sçavoit plaire à mon ame charmée,

Moins j'osois d'un aveu tenter l'événement.

 » Camille, & de quel front m'avouer ton Amant,

 » Moi, Berger peu connu des champs de la Doride,

 » Moi, qui, te rencontrant dans les remparts de Gnide,

 » Embarrassé, surpris, n'osai lever les yeux

 » Et crus que ta conquête honoreroit les Dieux ?

  » CAMILLE, à ton Amant pardonne cet outrage !

 » J'ai voulu de mon ame effacer ton image :

 » Je ne l'ai pu, Camille, & voilà mon bonheur.

 » Ton image à jamais restera dans mon cœur.

  » JE lui disois un jour : j'aimois le bruit du monde,

 » J'aime aujourd'hui les bois, leur retraite profonde !

 » Je nourrissois en moi d'ambitieux desirs ;

 » Te plaire est ma fortune & t'aimer mes plaisirs !

 » Je souhaitois de voir l'Univers, les Empires ;

 » Je n'aime à respirer que l'air que tu respires !

 » Enfin, Camille, enfin, tout ce qui n'est pas toi,

 » Honneurs, richesses, gloire, a disparu pour moi. »

  M'EUT-elle tout un jour parlé de sa tendresse,

Elle m'en parle encore & m'en parle sans cesse.

Oui, mon Ami, sa bouche & ses yeux & sa voix

Répétent les sermens qu'ils m'ont fait mille fois.

Moi, toujours plus heureux, plus charmé de l'entendre,
Certain de mon bonheur, je veux encor l'apprendre.
J'ose affecter un doute & bientôt entre nous
Le silence succède à des débats si doux.
Ah ! silence éloquent, tendre & muet langage,
Où l'on n'exprime rien, où l'on dit davantage !

LORSQUE de longs momens ont pu nous désunir
De tout ce que j'ai vu, j'accours l'entretenir.
» De quoi m'occupes-tu, me parles-tu, dit-elle ?
» Parle-moi de ton cœur ! ton cœur m'est-il fidele ?
» Eh ! que font à mes feux d'inutiles récits ?
» Etois-je, loin de toi, présente à tes esprits ?
» Tu te tais ! est-ce ainsi que Camille t'inspire ?
» Ne me dis rien, cruel ! moi, j'ai tout à te dire. »

QUELQUEFOIS d'un baiser consolant mes ennuis,
Elle dit : Aristée est triste ! ... » Oui, je le suis ;
» Mais ma tristesse est douce & vaut les ris eux-mêmes.
» Je sens couler mes pleurs ! pourquoi pleurer ? tu m'aimes !
» Je m'afflige & ne sçais ce qui peut m'affliger.
» Va, laisse sur mon front ce nuage léger.
» Laisse-moi soupirer mon plaisir & ma peine.
» Lorsque vers le bonheur tout mon amour m'entraîne,

» Mes sens trop agités ne peuvent en jouir.

» Mon cœur dans sa tristesse aime à s'épanouir.

» Oh ! non, Camille, non , ne m'ôte point mes larmes !

» Si tu sçavois combien je leur trouve de charmes !

» L'amour en son ivresse est moins voluptueux.

» Ah ! qu'importe qu'il pleure ? Aristée est heureux ! »

    On me demande encor ; m'aimes-tu ?... Si je t'aime !

» Mais, comment m'aimes-tu ?... Toujours, toujours de même.

» Mon cœur est tel encor qu'il fut le premier jour :

» Il n'est que mon amour d'égal à mon amour. »

    Tout ce qui voit Camille & l'adore & l'encense.

Des traits de sa beauté tout vante la puissance.

Que de plaisirs alors je ressens à la fois !

L'éloge qu'on fait d'elle est celui de mon choix.

D'un sentiment d'orgueil j'ai peine à me défendre ;

Tout dit : Camille est belle, & je sçais qu'elle est tendre.

    Si tous deux quelquefois nous sommes entourés

De jeunes Gnidiens par son charme attirés ,

Son esprit si naïf, sa grace si touchante,

Le doux son de voix, ses discours, tout m'enchante.

D'une oreille attentive on suit son entretien ,

Et je voudrois alors qu'elle ne dit plus rien.

Je ne fçais fi l'Amour rend l'amitié plus chère.

Mais, il eft des Bergers chéris de ma Bergère.

Son accueil eft pour eux & careffant & doux.

Des plaifirs de l'Ami, l'Amant devient jaloux.

Toi, jaloux, Ariftée, & tu l'ofe paroître !

Toi, Mortel trop heureux, mais indigne de l'être !

Ah ! rougis d'envier un foible fentiment !

L'Ami tient fon bonheur du bonheur de l'Amant.

Mais, Camille, l'on t'aime, on ofe te le dire !

Un cœur fenfible eft foible & facile à féduire.

Crains tes Adorateurs, crains leurs piéges fecrets.

S'ils viennent te jurer qu'ils t'aiment.... Ils font vrais.

Mais d'aimer plus que moi fi leur bouche t'affure,

Ne les crois pas, Camille; ils ont fait un parjure.

Quand je vais la chercher, quand de loin je la voi,

Lorfque je cours vers elle, & qu'elle accourt vers moi,

Mon cœur troublé s'égare; elle approche, il s'agite;

Elle vient, c'en eft fait; il s'envole, il me quitte.

Je ne le retiens point, Camille, il eft ton bien,

Ah ! tu l'as trop payé ! tu l'as payé du tien !

Si ma bouche égarée, ou ma main téméraire

Cherche à lui dérober une faveur légère,

Elle me la refuse & combat mon defir ;

Mais elle en donne une autre & double mon plaifir.

Ah ! ne foupçonnez point Camille d'artifice !

Elle réfifteroit, céderoit par caprice !

Non, non, je connois trop fon amour, fa vertu,

Son amour fi craintif, par l'honneur combattu.

Elle doute, elle héfite, elle pleure, elle tremble,

Et voudroit tout donner, tout refufer enfemble.

» RESPECTEZ, me dit-elle, un cœur trop alarmé.

» Ne vous fuffit-il pas que vous foyez aimé ?

» Que demande Ariftée & que veut-il encore ?

» O ciel ! ce que je veux ! quoi ! Camille l'ignore !

» Tu n'aimes qu'avec crainte & j'aime avec fureur.

» Il eft, il eft Camille, un doux moment d'erreur,

» Un crime de l'amour que l'amour juftifie.

» Permets ce crime & fais le bonheur de ma vie.

» Quel eft donc cet effroi que je ne puis calmer?

» Si quelque jour, hélas ! je ceffois de t'aimer,

» Camille, que ce jour, déplorable, funeſte

» De mes jours malheureux empoiſonne le reſte !

» Ou plutôt que la Parque en termine le cours !

» Qu'il ſoit, ce jour affreux, le dernier de mes jours ! »

Il ſe tût, mais rempli de l'objet qu'il adore,

Il ceſſa d'en parler pour y penſer encore.

Fin du Chant cinquiéme.

CHANT SIXIÉME.

Nos cœurs, livrés sans crainte à ces épanchemens,
Se confioient ainsi leurs plus doux sentimens :
Mais nos pas, qui suivoient des routes ignorées,
Ne retrouverent plus leurs traces égarées.

Une première erreur entraîne mille erreurs.
Des tapis de verdure & des chemins de fleurs
Favorisant encor nos tendres rêveries,
Tranquilles, nous marchions sur l'émail des prairies.
Quel objet tout à coup intimida nos yeux ?
De sa cîme effrayante un mont frappoit les cieux.
Sur ses flancs escarpés une caverne sombre
S'ouvroit, s'élargissoit & s'enfonçoit dans l'ombre.
„ L'humble vertu, disois-je, habite ce séjour.
„ Plus d'un Sage s'éxile & se dérobe au jour.
„ Avançons. « O surprise ! ô demeure abhorrée !
Mes premiers pas à peine eurent franchi l'entrée

Que

Que d'un froid inconnu mes sens furent glacés.

Je sentis sur mon front mes cheveux hérissés.

Je sentis qu'un pouvoir infernal ou céleste

Malgré-moi me poussoit dans cet antre funeste.

Et le trouble & l'effroi, le désordre & l'horreur

Entrèrent par dégrés jusqu'au fond de mon cœur,

» Ah ! dussions-nous ici voir redoubler nos peines,

» Ai-je dit, parcourons ces voûtes souterraines !

Nous marchons... Sous un roc creusé pas les ennuis,

Où le plus noir flambleau perce à peine les nuits,

Au milieu des soupçons dont son ame est saisie,

A travers des vapeurs je vis la Jalousie.

Sans m'effrayer, sa vue étonna mes regards.

Oui, malgré l'appareil des coupes, des poignards,

Son aspect me parut plus sombre que terrible.

Sa sourde inquiétude avoit un air paisible.

Et la morne tristesse & la froide pâleur,

Et les soucis secrets & les soins & la peur

Et la vaine insomnie & la fausse prudence,

Cortège malheureux, l'entouroient en silence.

ELLE souffla sur nous ; elle étendit sa main :

En comprima nos cœurs, en pressa notre sein.

E

Ce Monftre fur nos fronts l'appefantit encore.

O prodige ! ô terreur ! ô pouvoir qu'on ignore !

Tout prit autour de nous un afpect plus affreux.

Mille fantômes vains, mille fpectres hideux

Remplirent nos efprits, toufmentèrent nos ames.

Nous crûmes aux erreurs que nous imaginâmes.

„ Avancez, nous dit-elle, & domptez votre effroi.

„ Une Divinité plus puiffante que moi

„ Vous attend dans cet antre, & déja vous appelle.

„ Elle eft digne de vous, vous êtes dignes d'elle.

„ Oui, courez, hâtez-vous, infortunés Humains :

„ Courez : elle mettra le glaive dans vos mains. «

 DE mille affreux ferpens fa tête étoit armée.

Aux lueurs qu'ils dardoient d'une langue enflâmée,

A leurs longs fifflemens qui nous glaçoient d'horreur

Notre œil épouvanté reconnut la Fureur.

Soudain de fes cheveux elle arrache & dénoue

Un ferpent qu'elle irrite & que fon bras fecoüe.

Il part comme un éclair.... Je voulus le faifir....

Il étoit dans mon cœur que je fentis tranfir !

A ce coup imprévu je demeure ftupide ;

Mais bientôt le poifon, devenu plus rapide,

Court infecter mon sang dans ses canaux divers.

Je brûlai, je me crus au milieu des enfers.

Dans mon sein palpitant mon ame hors d'haleine

Se débattoit, luttoit, se contenoit à peine.

Tous mes muscles tendus s'épuisoient en efforts.

Mon déplorable Ami partageoit mes transports,

Et nous crûmes, en proie à tant de barbaries,

Que nous tournions tous deux sous le fouet des Furies.

PAR un accès de rage à la fin emportés,

Nous courûmes dans l'antre à pas précipités.

Nos pas retentissoient sous ces voûtes funèbres.

Insensés ! nous cherchions, à travers les ténèbres,

Tantôt la jalousie & tantôt la fureur !

L'aveugle égarement ne connoît plus la peur.

Nous serrions dans nos bras ces Déïtés cruelles :

Ah ! nous fûmes bien-tôt aussi barbares qu'elles.

Nos bouches insultoient aux noms les plus chéris.

Nous appellions Camille & Thémire à grands cris.

Si Camille & Thémire alors s'étoient montrées,

Nos mains, nos propres mains les auroient déchirées.

NOUS revîmes, enfin, l'astre éclatant des cieux ;

Sa brillante lumiere importuna nos yeux.

E ij

La nuit d'où nous sortions fut presque regrettée.

Des plus noires vapeurs l'ame encor tourmentée,

Mais, ne pouvant traîner nos corps appesantis,

Nous tombâmes tous deux mourans, anéantis.

Hélas ! notre repos fût lui-même un supplice !

Il semble que sous nous la terre s'endurcisse.

Nos yeux secs & brûlans nous refusent des pleurs.

Nul soupir échappé ne soulage nos cœurs.

La nature s'épuise & devient insensible.

Je m'endormis.... Combien ce sommeil fut pénible !

Qu'il mêla d'amertume à ses tristes pavots !

Un songe, un songe affreux renouvella mes maux.

Il m'offrit des objets, des images plus sombres,

Plus terribles que l'antre & que ses pâles ombres.

J'étois à chaque instant réveillé par l'effroi.

La perfide Thémire étoit auprès de moi.

Je la voyois.... O ciel ! oserai-je le dire ?

Oui, mon plus grand tourment étoit de voir Thémire,

Et d'un rêve cruel l'épouvantable horreur

De mes soupçons jaloux réalisoit l'erreur.

Je sors, en m'agitant, du sein de la poussière.

» Faut-il fuir, m'écriai-je, & l'ombre & la lumière?

» Quoi ! je trouve partout un fpectacle odieux !

» Quoi ! Thémire infidelle.... Infidelle à mes yeux !

» Eft-ce une autre Euménide à mes pas attachée ?

» L'ingrate !... De mon cœur qu'elle foit arrachée !

» Ah ! Dieux ! aurois-je cru qu'un jour dans mes fouhaits

» J'aurois à demander de ne la voir jamais ? «

Mon efprit éperdu reprend toute fa rage.

» Ariftée, ai-je dit, tu dors & l'on t'outrage !

» Tu dors ! réveille-toi, fuis mes pas, vengeons-nous !

» Par la flâme & le fer viens fignaler nos coups.

» Du fang de ces troupeaux inondons ces prairies.

» Regarde ces Bergers fur ces rives fleuries.

» Ils foupirent en paix leur bonheur & leurs feux.

» Seront-ils, Ariftée, impunément heureux ?

» Ah ! troubler leurs plaifirs c'eft foulager nos peines.

» Non, ne pourfuivons point des vengeances fi vaines.

» Vois-tu fous l'horifon ce temple s'enfoncer ?

» Viens, s'il eft à l'Amour je veux le renverfer !

» Sur fon autel détruit détruifons fa ftatue.

» Oui, je veux qu'à mes pieds elle tombe abbattue.

» Allons, & qu'il frémiffe au bruit de nos fureurs ! »

Rien, dans ce noir projet, n'intimide nos cœurs.

Il semble que dans nous la force se ranime.

Plus d'audace jamais n'accompagna le crime.

Nous traversons les prés, les ruisseaux, les forêts.

Un rocher devant nous éleve ses sommets.

Notre essor le franchit & rien ne nous arrête.

Le temple, où nous volons, en couronne le faîte.

Nous entrons..... A Bacchus il étoit consacré !

O puissance des Dieux, secours inespéré !

Soudain de nos transports la violence cesse.

Un songe disparoît avec moins de vîtesse

Et nos troubles calmés dans cet heureux moment

Ne laissèrent en nous qu'un long étonnement.

    Je cours, je tombe aux pieds du Dieu qui nous protège.

„ Tu viens de m'épargner le plus grand sacrilège,

„ Lui dis-je, je te dois le repos de mes sens.

„ Ah ! pour tant de bienfaits accepte mon encens ! «

Je vole au sanctuaire & cherche la Prêtresse.

Elle vient : dans ses yeux brille une douce ivresse.

Je m'avance & lui dis : „ Vous voyez deux Mortels

„ Chers au Dieu dont vos mains décorent les autels.

„ Nous l'avons éprouvé bienfaisant & proprice ;

„ Nous voulons dans son temple offrir un sacrifice.

» De vos auguftes foins daignez nous honorer. «

Tandis qu'elle commande & fait tout préparer,

Moi, dans l'empreffement du zèle qui m'anime,

Je cours fous le parvis choifir une victime.

Je l'amène; déja fon flanc mal affuré

Trembloit & palpitoit fous le couteau facré :

Le temple retentit des accords d'Ariftée.

Au Dieu qu'il adoroit cette Hymne fut chantée.

Bacchus, tu te plais dans les Ris
Et dans leur doux tumulte :
Autour de tes autels chéris
La joie eft notre culte.
La Gaîté, les aimables Jeux
Habitent dans ton temple.
L'infortuné devient heureux
Sitôt qu'il t'y contemple.

Si notre raifon fur tes pas
Et s'enivre & fommeille,
Le plaifir l'endort dans tes bras,
Le plaifir l'y réveille.
Lorfque les Dieux, troublant nos cœurs
Nous en ôtent l'ufage,
Tu viens diffiper nos erreurs,
Et chaffer le nuage.

Si, conduite par les foupçons,
L'affreufe jaloufie
Nous infecte des noirs poifons
Dont fon ame eft faifie ;
Tu parois, tu brifes les fers
Dont elle nous enchaîne,
Et ton pouvoir dans les enfers
Replonge l'inhumaine.

La Victime à l'inftant reçoit le coup mortel.

Du nectar le plus pur on arrofe l'autel.

L'encens brûle & s'éteint ; le facrifice ceffe.

A la foule attentive, à l'augufte Prêtreffe

Je dis par quel prodige , entraînés & furpris,

Nous laifsâmes dans l'antre abufer nos efprits.

Nos malheurs infpiroient l'intérêt le plus tendre.

Tout à coup au dehors un bruit fe fait entendre.

Les accens de l'airain, les cris de mille voix

Grondent dans les rochers, frémiffent dans les bois.

Nous volons au portique & nous fortons en foule.

Sur la plaine obfcurcie un nuage épais roule :

Il avance vers nous à flots tumultueux.

On voit dans les tranfports d'un trouble impétueux,

Sur la cîme des monts, à travers les vallées

Les Bacchantes, en feu, courir échevelées.

Leur voile dans les airs se disperse, égaré.

De feuillages nouveaux leur front est entouré.

Les pampres voltigeans s'unissent au lierre.

De leur thirse, à grands coups, elles frappoient la terre.

Le vieux Silène arrive, incertain, chancelant.

Son animal tardif le traîne d'un pas lent :

D'ivresse & de vapeurs sa tête embarassée

Tour à tour se soulève & retombe affaissée.

Son corps, qui s'abandonne en ses balancemens,

Du tranquile animal suit tous les mouvemens ;

Là, s'agite en tumulte une folle Jeunesse.

Pan, le Dieu Pan s'élance & bondit d'allégresse.

De son aigre pipeau les sons retentissoient.

Les Satyres légers autour de lui dansoient.

On voit dans tous les yeux étinceler la joie.

Le rire épanoui librement se déploie.

Un aimable désordre unit, confond les jeux.

On chante, on s'entrelace, on court, on est heureux.

Le nectar est versé des mains de la Folie,

Et de ses flots brillans chaque coupe est remplie.

Enfin, je vis Bacchus par des tigres traîné.

Son char d'un peuple immense étoit environné.

Tel aux rives du Gange il parût dans sa gloire,

Jeune, portant partout la joie & la victoire.

　On voyoit Ariane assise à ses côtés.

» O fille de Minos, vos soupirs répétés

» Redemandoient au ciel le parjure Thésée,

» Quand Bacchus, consolant une Amante abusée,

» Vint essuyer les pleurs qui couloient de vos yeux!

» Il prit votre couronne & la mit dans les cieux.

» Il offrit & sa gloire & son cœur à vos charmes.

» Ah ! s'il n'eût pu tarir la source dé vos larmes,

» Un Dieu même eut été plus malheureux que vous !

» Vous le vîtes alors tomber à vos genoux.

» Aimez-moi, vous dit-il, aimez-moi, je vous aime.

» Thésée à son bonheur a renoncé lui-même.

» Autant qu'il vous fût cher, que l'ingrat soit haï !

» Oubliez un amour si lâchement trahi.

» Couronnez un Amant plus tendre & plus fidèle.

» Pour vous aimer toujours je vous rends immortelle. »

　Descendu de son char, se tenant par la main,

Le couple dans le temple entra d'un air serein.

La route sous leurs pas de fleurs étoit semée.

Auprès de son Amant satisfaite & charmée,

Ariane lui dit : » Restons dans ces beaux lieux.

» Je sçaurai mieux t'y plaire & tu m'aimeras mieux.

» Répands sur ces climats une joie éternelle.

» Vénus règne ici près, tu dois régner près d'elle.

» Ariane & Bacchus, & Vénus & l'Amour

» N'auront plus qu'un empire & qu'une même cour.

» Cède, cède à mes vœux ! que tes mains adorées

» Comblent de leurs faveurs ces heureuses contrées !

» Depuis que ton Amante en a respiré l'air,

» Plus aimable à ses yeux, tu lui deviens plus cher.

» Qui m'eut dit que mon cœur t'aimeroit davantage?

» Eh ! quoi ? d'un Immortel tel est donc le partage ?

» Il peut donc plus aimer quand il aime à l'excès ?

» Ses vœux les plus outrés ne font point indiscrets,

» Et, toujours plus heureux dans chaque jouissance,

» Il porte son bonheur plus loin que l'espérance !

» Il n'importe : fuyons, fuyons l'éclat des cieux.

» La gloire dans l'Olimpe occupe trop les Dieux.

» Ce n'est que sur la terre, au sein de ces retraites,

» Au fond de ces bosquets, dans leurs routes secretes

» Que l'ame indépendante & prompte à s'enflâmer

» Se livre fans contrainte au doux plaifir d'aimer.

» Viens : tandis que la foule, à te plaire empreffée,

» Va fe livrer au bruit d'une joie infenfée,

» Toute entière à mes feux, à mon bonheur, à toi,

» Je n'aurai que l'Amour entre Bacchus & moi. «

Le Dieu fourit ; le Dieu, fous l'aîle du myftère,

Conduifit Ariane au fond du fanctuaire.

Alors un feu divin s'alluma dans nos fens.

Nos troubles, nos tranfports devinrent plus preffans.

Nous bûmes à longs traits la coupe enchantereffe.

Pan eut moins de gaîté, Silène moins d'ivreffe

Et, le thirfe à la main, nous fuivîmes tous deux

Les danfes, les concerts, les courfes & les jeux.

Fin du Chant fixiéme.

CHANT SEPTIÉME ET DERNIER.

LA foule se sépare, on se quitte, on soupire :
Nous-mêmes, revenus de notre heureux délire,
De ces lieux enchantés, nous partons à regret.
Nous sentîmes bientôt que leur charme secret
N'avoit que rallenti, que suspendu nos peines.
Le poison circula refoulé dans nos veines :
Mais son feu concentré n'agit plus au-dehors.
Ce n'étoit plus la rage & ses cruels transports.
C'étoit cette tristesse où l'âme ensevelie
Dévore les chagrins dont elle s'est remplie.
Les terreurs, les soupçons s'emparèrent de nous :
J'étois moins furieux; mais j'étois plus jaloux.

FATAL égarement! redoutables foiblesses!
Il nous sembloit alors que les noires Déesses
N'avoient eu d'autre objet, en tourmentant nos cœurs,
Que de les préparer au plus grand des malheurs,

Et nos songes affreux & leurs vaines images

Etoient de nos destins les horribles présages.

    Nous marchions au hazard, irrésolus, distraits.

Des autels de Bacchus nous regrettions la paix :

Mais au Temple de Gnide un charme nous attire.

Nous voulions voir encore & Camille & Thémire ;

Oui Thémire, oui Camille, oui, ces objets puissans,

Qui portoient tant de haîne & d'amour en nos sens !

    Gnide vers l'horison s'offroit à notre vue.

Son temple, par dégrés, s'élevoit dans la nue :

Mais d'un aspect si cher notre œil fût peu frappé.

Non, nous ne goûtions point ce trouble anticipé,

Ces douceurs, qu'au moment de revoir ce qu'on aime,

On savoûre d'avance & recueille en soi-même.

    Mon ami soupira, me dit : » l'heureux Licas

» De Camille peut-être accompagne les pas.

» Ah ! peut-être à lui plaire, il ose encor prétendre !

» Il lui vante ses feux.... L'ingrate aime à l'entendre.

    » Lisis, ai-je repris, attendu chaque jour,

» Peut-être aux murs de Gnide est déja de retour.

» Il brûla pour Thémire ; il l'aime encor sans doute.

» C'est de tous mes rivaux le seul que je redoute.

„ Thémire, il faudra donc redemander ta foi,

„ Et difputer un cœur que je croyois à moi ?

  „ Licas, ces jours paffés, louoit, chantoit Camille :

„ Infenfé que j'étois, j'étois fier & tranquille !

„ Je crains bien que Licas ne triomphe à fon tour.

„ On flatte l'amour propre, on fait naître l'amour.

  „ Thémire (il m'en fouvient, & tu me le rappelles,)

„ De Tirfis, l'autre jour, reçût des fleurs nouvelles.

„ Avec combien de joie elle en para fon fein !

„ Leurs boutons careffés s'effeuilloient fous fa main.

„ C'eft un don de Tirfis, ofa-t-elle me dire :

„ Et je laiffai ces fleurs fur le fein de Thémire !

„ Ah ! je dûs fous mes pieds difperfer leurs débris !

„ De ce bouquet peut-être un baifer fût le prix.

  „ A la fête derniere (ô trop funefte augure !

„ Oui, Camille dès-lors méditoit fon parjure)

„ Camille me fuivit aux autels de Vénus.

„ La perfide, affectant des dehors ingénus,

„ Venoit à la Déeffe offrir deux tourterelles.

„ Je les vis s'envoler de fes mains infidelles.

„ Leur fuite m'affligea.... L'inhumaine en fourir.

  „ Moi, fur un jeune ormeau, content, j'avois écrit

„ Mes amours & mon nom près du nom de Thémire :

„ Lûs, relûs mille fois, j'aimois à les relire.

: „ Sous mes yeux ils croiſſoient unis, entrelaçés :

„ Mais, hélas ! un matin, je les vis effaçés !

 „ CAMILLE, on ſçait punir les ingrates Bergères.

„ Crains tout de ton Amant, ſi tu le déſeſpères.

„ Non, mon cœur à ton cœur ne pardonnera pas

„ Le plus léger ſoupir échappé vers Licas.

„ Songe, ſi tu trahis le ſerment qui t'enchaîne,

„ Que l'Amour irrité va plus loin que la haîne.

 „ SI quelque Gnidien, ſi quelqu'audacieux

„ Arrête ſur Thémire un ſeul moment les yeux,

„ Soudain, ſans meſurer & la peine & l'outrage,

„ Fût-ce aux pieds de Vénus, je l'immole à ma rage ! „

 AINSI la jalouſie, au moment du bonheur,

D'amertume & de fiel rempliſſoit notre cœur.

Nous-mêmes à nos vœux nous cherchions des obſtacles :

Enfin, nous arrivons à l'antre des Oracles.

Alors, tel que les flots par les vents agités,

Le peuple alloit, venoit, couroit de tous côtés.

Sur les fronts, dans les yeux l'inquiétude eſt peinte.

L'eſpoir, dans tous les cœurs, eſt troublé par la crainte.

Ceux-

Ceux-là montent, ceux-ci descendent du rocher :
L'un sait déjà son sort, l'autre va le chercher.

Nous-mêmes nous entrons dans la grotte enchantée.
La foule nous entraîne, & j'y perds Aristée :
Il avoit vu Camille.... Il étoit dans ses bras.
Moi, je cherchois Thémire & ne la trouvois pas.

Elle paroît.... Ah ! Dieux ! quel désordre à sa vue,
Quel trouble se saisit de mon âme éperdue ?
Tous mes sens soulevés, frémirent de courroux.
J'allois m'abandonner à mes transports jaloux.
A quel excès, ô ciel ? m'eut emporté la rage ?
Je voulois.... Un coup d'œil dissipe cet orage.
Mes horribles soupçons, mon aveugle fureur,
Tous ces monstres cruels qui déchiroient mon cœur,
Disparoissent soudain aux yeux de ma Thémire.
C'est ainsi que l'Aurore, avec un doux sourire,
Chasse aux portes du jour les ombres de la nuit.
Ainsi devant les Dieux, Tisiphone s'enfuit ;
Et, n'osant soutenir l'éclat de leur présence,
Dans les marais du Stix se replonge en silence.

Thémire accourt, m'appelle & s'écrie : ,, est-ce toi ?
,, J'ai crû que mon Amant étoit perdu pour moi !

F

» Ah ! cruel ! ah ! combien tu m'as coûté d'alarmes !

» Depuis trois jours entiers je féche dans les larmes.

» Malheureufe !.... J'ai craint de ne plus te revoir.

» Dans cet antre à Vénus j'ai dit mon defefpoir.

» Je n'ai point demandé fi tu m'aimois encore.

» Ah ! qu'un foin plus preffant m'agite & me dévore!

» Mon Amant m'eft plus cher que moi, que mes amours.

» Je n'ai que demandé fi tu vivois toujours.

» Vénus m'a répondu, confole-toi, l'on t'aime.

» Achève mon bonheur.... Et dis-le moi toi-même !

 » Excuse, ai-je repris, un cœur infortuné,

» Par un pouvoir fatal vers le crime entraîné.

» S'il pouvoit te haïr, ce cœur t'auroit haïe.

» Mais non, Thémire, non, il ne t'a point trahie.

» Les Dieux m'ont égaré, m'ont rendu furieux;

» Ils l'ont pû : ma raifon eft dans la main des Dieux.

» Mais mon cœur, tout à toi, n'eft point fous leur empire.

» Ils ne peuvent m'ôter mon amour pour Thémire.

 » Les craintes, les foupçons, tous les maux d'un jaloux,

» Je viens, loin de tes pas, de les éprouver tous.

» L'Enfer tourmente moins les ombres criminelles :

» Mais j'ai tiré ce fruit de mes peines cruelles,

„ Qu'après tant d'infortune & de trouble & d'effroi,

» Je fens mieux le bonheur de vivre encor pour toi.

   » Viens donc, Thémire, viens dans ce bois folitaire !

» Tous ces crimes affreux, que l'Amour a pû faire,

» Je veux les expier par un excès d'amour.

» Il en eft un, fur-tout, qui fit pâlir le jour !

» Ma bouche épouvantée, à regret le révèle :

» Juge de fon horreur.... Je t'ai crue infidelle ! »

   Elle vient !.... Ni ces bois favorifés des cieux,

A l'éternel bonheur confacrés par les Dieux,

Ces bois de l'Élifée où des ombres chéries,

Promènent, dans la paix, leurs douces rêveries ;

Ni la fombre Dodone où des chênes divins

Font parler l'avenir & dictent nos deftins ;

Ni ces brillans vergers où l'arbre fur fa tige,

Du plus riche des fruits étaloit le prodige,

Où les filles d'Hefper, fieres de leur tréfor,

D'une orgueilleufe main cueilloient les pommes d'or ;

Ces beaux lieux n'ont jamais égalé le bocage,

Dont Thèmire avec moi vient rechercher l'ombrage.

Quel charme, autour de nous, fût foudain répandu ?

Se gliffant fur les fleurs, aux rameaux fufpendu,

F ij

Dans un air frais & pur voltige le Zéphire.

Le miſtere, en ſilence, accompagne Thémire.

Le Plaiſir par la main conduit la Volupté.

Thémire embellit tout & tout eſt enchanté.

 Un Satire (l'oiſeau, la fléche, eſt moins rapide)

Pourſuivoit à grands pas une Nymphe timide.

Il nous voit, & ſurpris, s'arrête devant nous :

» Heureux Amans, dit-il, que votre ſort eſt doux !

» Vous vous aimez, vos cœurs s'entendent, ſe répondent.

» Dans de brûlans ſoupirs, vos ſoupirs ſe confondent,

» Et moi, d'une inhumaine, Amant infortuné,

» A vaincre ſes rigueurs follement obſtiné,

» Je ne puis la fléchir; rien, non rien ne la touche.

» Devant moi, chaque jour, elle fuit plus farouche,

» Et, dans leur vol léger, ſi j'arrête ſes pas,

» C'eſt encor le malheur que je trouve en ſes bras. »

 Sous un de ces berceaux où l'épaiſſeur de l'ombre

Jette dans les eſprits je ne ſçais quoi de ſombre,

Une jeune Beauté, l'œil humide de pleurs,

Soupiroit, à l'écart, ſes profondes douleurs.

Combien à notre aſpect elle parût émue !

Elle trembla ſurtout, & pâlit à ma vue.

» Amour, s'écria-t-elle, eh ! quoi ? jufqu'en ces lieux

» Ta conftante fureur vient affliger mes yeux ?

» Ah ! j'y voulois cacher & ma honte & mes larmes !

» J'y pleurois un ingrat qui méprife mes charmes.

» Malheureufe, & j'y vois, pour combler mon tourment,

» Une Amante qu'on aime & le plus tendre Amant ! »

Auprès d'une fontaine, où coule une onde pure,

Nous vîmes Apollon couché fur la verdure.

Il avoit, fur ces bords, accompagné fa fœur.

Sur les traces d'un Daim égarant fon ardeur,

Diane, dans ces bois, avoit été conduite.

A fa troupe immortelle, à l'éclat de fa fuite,

Je reconnus le Dieu fur le Pinde adoré.

Le front ceint de lauriers, de fa gloire entouré,

D'un air majeftueux il accordoit fa lyre.

Des arbres, des rochers, que fon pouvoir attire,

On voyoit les fommets s'agiter dans les airs,

Les oifeaux attentifs fufpendoient leurs concerts ;

Et le Lion lui-même apprivoifé, tranquile,

Repofoit fa colère & reftoit immobile.

Nous feuls, trop occupés, trop pleins de nos tranfports,

Nous fçûmes réfifter à de fi doux accords.

Nos pas, qu'un autre Dieu précipitoit sans doute,

A travers la forêt poursuivirent leur route.

Le Dieu, que nous suivions, suit peu celui du jour.

 Enfin, où croyez-vous que je trouvai l'Amour ?

L'Amour !.... Je le trouvai dans les yeux de Thémire.

Sur sa bouche de rose il sembla me sourire :

Je voulus l'y baiser ; il tomba sur son sein :

Il m'y brava.... Je crus l'en punir sur sa main ;

Mais, pour se dérober au feu qui me dévore,

Il se jette à ses pieds.... Je l'y poursuis encore.

Bien-tôt sous ses genoux il courut se cacher.

Moi, plus impatient, je voulois l'y chercher.

J'étois prêt à l'atteindre, & mon âme égarée....

Mais Thémire en courroux, mais Thémire éplorée,

Par des larmes, des cris, arrêta mes efforts.

Dans son dernier asile il se retire alors.

Ah ! combien il chérit sa nouvelle retraite !

Il s'y fixa.... De même une aimable Fauvette,

N'ose quitter le nid où veille son amour.

Si quelque bruit répand l'épouvante à l'entour,

Sur ses chers rejettons, mere plaintive & tendre,

Elle s'offre à la main qui vient pour les surprendre,

Et préfère au malheur de les abandonner,
L'esclavage funeste où l'on va les traîner.

THÉMIRE à mon audace opposa la colère ;
Elle entendit mes vœux & devint plus sévère :
Mais je ne pus dompter la fureur de mes sens.
Dieux ! qu'elle me lança des regards menaçans !
Je tremblai, je frémis de l'avoir offensée.
Je pleurai.... Par sa main ma main fût repoussée ;
Je tombai : je sentis mon âme s'exhaler.
Dans un dernier soupir elle alloit s'envoler :
Je mourois si Thémire, alors plus attendrie,
Dans mon cœur expirant n'eût rappellé la vie.
Son sein, qui le pressoit, lui rendit sa chaleur.
Elle tourna sur moi des yeux pleins de douleur.
» Non, je ne te hais point ! non, ne meurs point, dit-elle !
» Non, cruel, comme toi je ne suis pas cruelle,
» Toi, qui veux m'entraîner dans la nuit du tombeau !
» Cher Amant, de tes jours rallume le flambeau !
» Reprends, entre mes bras, ton âme fugitive !
» Vis, enfin, pour m'aimer, si tu veux que je vive ! »
    A ces mots si touchans, je respire & renais.
Je renais plus aimé, plus heureux que jamais.

C'en est fait; je triomphe & Thémire m'embrasse :

Dans le plus doux baiser mon cœur reçût sa grace.

Elle m'en prodigua les gages les plus chers,

Et le cri de l'Amour l'annonça dans les airs.

Fin du Chant septiéme & dernier.